Rainer Maria Rilke, geboren am 4.12.1875 in Prag, ist am 29.12.1926 in Valmont (Schweiz) gestorben.

Dieses Taschenbuch stützt sich auf den Bildband: »Ingeborg Schnack. Rilkes Leben und Werk im Bild«, der in erster Auflage 1956, in zweiter, vermehrter Auflage 1966 im Insel Verlag erschienen ist. Keineswegs nun ist die vorliegende Ausgabe nur ein Auszug daraus, schon deshalb nicht, weil an die Stelle des einleitenden Essays »Anmerkungen zu Rilkes Leben« von J. R. von Salis die »Biographische Einführung« getreten ist und im Bildteil Neues hinzukam.

Dieser reichhaltige Bildband bietet viel mehr als eine Bildbiographie Rilkes: indem um die Persönlichkeit des Dichters in immer weiteren Kreisen Familie und Freunde, Heimat und Welt sich gruppieren und die mannigfachen geistigen und künstlerischen Beziehungen sich entfalten und ordnen, entsteht ein umfassendes Zeitbild jenes halben Jahrhunderts, in dem Rainer Maria Rilke gelebt hat und seine Dichtungen entstanden sind.

Dr. phil. Ingeborg Schnack ist wissenschaftliche Bibliothekarin. Sie war zuletzt stellvertretende Direktorin der Universitätsbibliothek in Marburg an der Lahn, wo sie lebt. Zu ihren Veröffentlichungen gehören u.a.: Katharina Kippenberg, Kleine Schriften. 1949 (Mit Anton Kippenberg); Aus dem Nachlaß Rainer Maria Rilkes. F. I-IV. 1950; R. M. Rilkes Erinnerungen an Marburg 1952, 1963²; Anton Kippenberg, Reden und Schriften. 1952; Rilkes Leben und Werk im Bild. 1956, 1966²; Rilke in Ragaz. 1970; R. M. Rilke. Chronik seines Lebens und seines Werkes. 2 Bände, 1975; Hugo von Hofmannsthal / R. M. Rilke: Briefwechsel. (Mit Rudolf Hirsch) 1977.

insel taschenbuch 35

Rainer Maria Rilke

Leben und Werk im Bild

Rainer Maria Rilke Leben und Werk im Bild

Mit einer biographischen Einführung
und einer Zeittafel

Von Ingeborg Schnack

Insel

Umschlagabbildung:
Rainer Maria Rilke 1906,
als die *Neuen Gedichte*
entstanden.

insel taschenbuch 35
Erste Auflage 1973

Vertrieb durch den Suhrkamp Taschenbuch Verlag
Satz: Fotosatz Tutte, Salzweg-Passau
Druck und Bindung:
Nomos Verlagsgesellschaft, Baden-Baden

4 5 6 7 8 9 – 90 89 88 87 86 85

Biographische Einführung

Kritiken und Kommentaren, vor allem solchen, die seinem eigenen Schaffen galten, stand Rilke im Laufe seines Lebens in wechselnder Einstellung gegenüber. Anfänglich sehr daran interessiert, ja literarischer Betriebsamkeit in seiner Prager Jugend geradezu verschrieben, verschloß er sich später all diesem bis zu schroffer Ablehnung der eigentlich literarischen Welt.

Anders bestellt war es um seine Haltung im Hinblick auf sachliche Erläuterung: die Zahl der Fragebogen, die er bereitwillig seinen Übersetzern und Interpreten beantwortete, ist bemerkenswert. Anders auch fiel sein Urteil über die fundierte Biographie aus, die er selber las und anderen empfahl: »denn von ihr darf man erwarten, daß sie über die Einzelheiten unterrichten wird und vieles Verstehen erleichtert« (Duino 3.4.1912). Das hatte Rilke für sich bei seiner Dostojewsky-Lektüre erprobt.

Nun richtet Rilkes eigenes Leben und Arbeiten an die Aufgeschlossenheit, die Einfühlungsgabe, an die Sensibilität seiner Leser hohe Ansprüche; schon seine Zeitgenossen waren nur zögernd gewillt, die Aufnahme seines Werks zu leisten. Zeitlicher Abstand kann das Verstehen erleichtern wie erschweren. Nahezu ein halbes Jahrhundert trennt die Gegenwart von des Dichters Tod, fast ein volles Jahrhundert vom Beginn seines Lebens. Zwischen den Grenzfällen einer still wachsenden Öffnung auf das Werk zu und einer sich einschleichenden Verdunkelung ist Raum genug für intensive biographische Arbeit, denn noch immer steht für Rilke die Hilfe aus, welche er für die Begegnung mit einem künstlerischen, einem dichterischen Werk der Biographie einräumte, eine Hilfe, die er selber in seiner Monographie »Auguste Rodin« dem großen Künstler erwiesen hat. Für Rilke kann die bestehende Lücke angesichts reichen, ungehobenen Nachlaß-Materials nur vorsichtig und in bescheidener Begrenzung schrittweise geschlossen werden – das

Dokument hat sich vorerst neben der Interpretation zu behaupten.

Kindheit und Jugend (1875–1896)

Rilkes Geburtsort ist Prag, dort im Hause Heinrichsgasse 19, kam er am Samstag, den 4. Dezember 1875 zur Welt und empfing bei der Taufe in der katholischen St.-Heinrichs-Pfarrkirche am 19. 12. die Namen René Karl Wilhelm Johann Josef Maria. Er blieb der Eltern, die im Vorjahr eine kleine Tochter verloren hatten, einziges Kind. Rilke wuchs in einem bescheidenen Beamtenhaushalt auf. Sein Vater, Josef Rilke, war Revisor der Turnau-Kralup-Prager-Eisenbahngesellschaft und hatte es als Vorzug ansehen müssen, daß ihm nach abgebrochener Offizierslaufbahn sein älterer Bruder Jaroslav, Advokat in Prag, 1865 die Stellung eines Offizials an der neu gegründeten Unternehmung verschaffen konnte. Ein Halsleiden und die ausbleibende Beförderung zum Offizier hatten ihn nach zehn tadelfreien Dienstjahren seine Verabschiedung erbitten lassen. Der Familienüberlieferung nach sollten die Rilkes zum Kärntner Uradel gehören – Rilke machte sich dies gern zu eigen; eingehende Familienforschung hat die Rilkes nach Nordböhmen zurückverfolgt, in Türmitz bei Aussig tauchte um 1625 ein erster bäuerlicher Vorfahr auf. Die Mutter Phia (Sophie) war wie ihre Eltern in Prag geboren; der Vater, Direktionsrat der Böhmischen Sparkasse Carl Entz bot seiner Frau Caroline geb. Kinzelberger und seinen vier Kindern ein stattliches Heim in dem Barockpalais, Herrengasse Nr. 8. Rilkes Vater starb noch nicht siebzigjährig 1906, die Mutter und seine Großmutter Entz überlebten ihn beide.

Am 24. Mai 1873 hatten die Eltern geheiratet. Im gleichen Jahr wuchs das gesellschaftliche Ansehen der Rilkes beträchtlich. Jaroslav wurde als Rilke Ritter von Rüliken in den erblichen Adelsstand erhoben, er war zuletzt Landesadvokat

und Präsident der Notariatskammer. Seine Fürsorge trug die Familie, sie war für René Rilke eine der großen Hilfen, die ihm im Leben zuteil wurden.
Früheste Kinderbilder zeigen ihn blondlockig, zart, fast mädchenhaft; die Aufnahmen des Schuljungen verraten lebhaftes Selbstbewußtsein. Über sein Verhältnis zum Vater schrieb Rilke 1923: »Wenn ich mich erinnere, wie ich – oft bei äußerster Schwierigkeit, einander zu verstehen und gelten zu lassen – meinen Vater geliebt habe! Oft, in der Kindheit, verwirrten sich meine Gedanken, und das Herz erstarrte mir über der bloßen Vorstellung, er könne einmal nicht mehr sein.« (An Gräfin Margot Sizzo, Muzot, 6. 1. 1923)
Ganz anders, schmerzlich verzerrt ist Rilkes Verhältnis zu seiner Mutter; neben der unbewältigt gebliebenen »verhaßten« Militärerziehung ist die tief gestörte Beziehung zu ihr eine lebenslange Last. Das Gedicht vom 14. Oktober 1915, in München in der Verstörung der Kriegsjahre niedergeschrieben nach einem Besuch der ruhelosen Frau: »Ach wehe, meine Mutter reißt mich ein. / Da hab ich Stein auf Stein zu mir gelegt, / und stand schon wie ein kleines Haus... Nun kommt die Mutter, kommt und reißt mich ein...«, gibt in seiner verzweifelten Ratlosigkeit darüber Aufschluß.
Seit 1882 besuchte der Knabe als Freischüler die von Piaristen geleitete Deutsche Volksschule; ›Böhmisch‹ war Schulfach, etwas Französisch lernte er bei seiner Mutter. Vorzügliche Zeugnisse, große Schulversäumnisse, Sommerfrischen, meist mit der Mutter in Nordböhmen verbracht, kennzeichnen die Schülerzeit. Seit ihr Sohn sie zum Hochzeitstag 1884 zum ersten Mal mit einem selbstverfaßten Gedicht bedacht hatte, erwartete die Eltern an Festtagen immer wieder solch eine Gabe. Die frühen schüchternen Versuche weiteten sich im Frühsommer 1888 spontan aus, zu einem Stillstand der Produktion ist es nicht wieder gekommen.
René Rilke war in jenem Jahr bereits Zögling der Militär-

unterrealschule in St. Pölten; sein Onkel Jaroslav hatte ihm zwei Jahre zuvor eine »Landesstiftungsstelle« erwirkt. Die Ehe der Eltern war an den engen Verhältnissen im trüben Alltag zerbröckelt. Man wohnte anfangs getrennt in Prag, dann übersiedelte die Mutter nach Wien und lebte später viel auf Reisen. Der Zehnjährige hatte bei dem Verfall des Elternhauses zugestimmt, die vom Vater vergeblich angestrebte Offizierslaufbahn einzuschlagen. An St. Pölten schloß sich noch von September 1890 bis April 1891 ein halbjähriger Besuch der Militäroberrealschule in Mährisch-Weißkirchen, dann verdichtete sich der in Jahren aufgestaute Widerstand gegen die Militärerziehung, die ihn körperlich und seelisch überanstrengte, in solchem Maße, daß er mit Genehmigung des Vaters wegen »dauernder Kränklichkeit« sofort ausscheiden durfte; zum 3. Juni 1891 wurde er entlassen.

Welche tiefgreifende Zerstörung diese fünf Jahre in ihm bewirkt hatten, wird schon bald in Briefen und einzelnen seiner Arbeiten mit Härte von ihm ausgesprochen. Eine geschlossene dichterische Bewältigung seiner Erfahrungen, die sich ihm unter dem Stichwort »Militärroman« seit 1898 als verpflichtende Aufgabe stellte und ihn bis in späte Lebensjahre noch beschäftigte, ist ihm nicht gelungen – dieser Roman blieb ungeschrieben. Es entstehen nur 1894 die Skizze »Pierre Dumont«, die unveröffentlicht blieb – Velhagen und Klasing lehnten sie ab – und 1899 die Erzählung »Die Turnstunde«, Maximilian Harden druckte sie 1902 in seiner »Zukunft«.

Trotz allem, das Berufsziel Offizier blieb bestehen. Rilke siedelte Herbst 1891 nach Linz über; die Maturität an der dortigen Handelsakademie nach einem Dreijahreskurs hätte ihm die hierfür nötige Berechtigung verschafft. Dieser erste Versuch von Freiheit und Selbständigkeit des Sechzehnjährigen schlug fehl. Obwohl die Schulerfolge nicht ausblieben, Rilkes Notizhefte sich mit Gedichten füllten, intensive Lektüre ihn weiterbildete, erdrückte ihn die Öde, verstrickte er sich in eine mißmutig vermerkte Liebelei, wollte und sollte nach Prag zurückkehren und gab die Akademie im April 1892 auf.

Der großzügige Beistand Jaroslav von Rilkes eröffnete ihm jetzt eine völlig andere Zukunft. Im Privatunterricht in Prag sollte er sich in drei Jahren zum Gymnasialabitur vorbereiten, Jura studieren und des Onkels – dessen Söhne gestorben waren – Kanzlei übernehmen. Der Haushalt seiner Tante Gabriele von Kutschera in der Wassergasse 15 B^I wurde in dieser Zeit sein Heim und ein monatliches Stipendium von 200,— Gulden bis zum Studienabschluß, das ihm der Onkel ausgesetzt hatte, er starb im Dezember 1892, machte ihn unabhängig. Bis zur Jahreswende 1901/2 bildete dieses Legat, durch ein Monatsgeld des Vaters angehoben, die ihm ausreichende, sichere Existenzgrundlage.

Der Anlauf gelang. Am 9.7.1895 bestand René Rilke die Maturitätsprüfung am Grabengymnasium in Prag mit Auszeichnung. Er hätte wohl kaum durchgehalten, wenn er nicht in einer Freundin seiner Kusine Gisela, der künstlerisch begabten Valerie von David-Rhonfeld den Menschen gefunden hätte, vor dem er mit gleichem unbefangenen Eifer seine Studienaufgaben, seine Gedichte und Skizzen, seine bewundernde Liebe ausbreiten konnte. Ihr war sein erstes selbständiges Werkchen »Leben und Lieder« gewidmet, das 1894 in Straßburg erschien.

Mit dem Beginn des Wintersemesters schrieb sich René Rilke als Hörer in der Philosophischen Fakultät der Deutschen Carl-Ferdinand-Universität Prag ein, im nächsten Sommersemester belegte er bei den Juristen. Kunstgeschichte, Philosophie, Geschichte, deutsche Literatur waren seine Fächer; in August Sauer, dem Literaturprofessor, gewann er sich einen treuen Förderer. Von Valerie von David-Rhonfeld nahm er einen leichten Abschied, suchte keinen Anschluß bei

Kommilitonen. Es drängte ihn, der schon als ›Privatist‹ begonnen hatte, sich einen Namen zu machen, zu Literaten, Künstlern und Theaterleuten. Im Kreis der ›Concordia‹, dem Verein Deutscher Künstler und Schriftsteller in Böhmen fand er freundliche Aufnahme; in der Vereinigung Deutscher Bildender Künstler in Böhmen las er Gedichte und Novellen und wurde dabei ein Opfer des scharfen Zeichenstiftes von Emil Orlik.

Der zwanzigjährige René Rilke verfügte über eine staunenswerte Leichtigkeit der Produktion. Alljährlich lag zu Weihnachten ein neuer Gedichtband vor; auf »Leben und Lieder« folgte »Larenopfer« (1895), darin er das Bild des »vielthürmigen Prags« zeichnete, das er in diesen Jahren erst wirklich kennenlernte. Daran schlossen sich »Traumgekrönt« (1896) und »Advent« (1897). Er spricht selber von zwanzig Zeitschriften, in denen seine Gedichte, Prosaskizzen, Psychodramen und Besprechungen erschienen. Sein kleines dramatisches Œuvre lag bis 1900 vollendet vor; acht Stücke haben sich erhalten, zwei von ihnen »Im Frühfrost« und »Jetzt und in der Stunde unseres Absterbens« führte das Prager Sommertheater 1897 und 1896 auf. Auch das reiche Novellenwerk hatte er bis zur Jahrhundertwende so gut wie vollständig niedergeschrieben. Die Sammlungen »Am Leben hin« und »Zwei Prager Geschichten« brachte der ihm von Ludwig Ganghofer empfohlene Verlag Bonz in Stuttgart 1898 und 1899 heraus. Im Insel Verlag erschien sein Band »Vom lieben Gott und Anderes« Weihnachten 1900; es folgten noch »Die Letzten« bei Axel Juncker, Berlin. Vieles wurde verstreut gedruckt, anderes ging auf Redaktionen verloren.

Daneben lief eine ausgebreitete Korrespondenz, nicht zum wenigsten durch seine eigene Zeitschrift ›Wegwarten‹, »dem Volke geschenkt«, entfesselt. Reisen führten ihn nach Wien in Theaterangelegenheiten, nach Dresden, um sich mit ›Kollegen‹ zu besprechen, nach Budapest zur Tausendjahrfeier des Königreichs Ungarn – zu Ferien ins Salzkammergut. Von 1897 bis 1901 gehörte ein Frühjahrsmonat regelmäßig seiner derzeit in Arco am Gardasee wohnenden Mutter. Venedig, Florenz öffneten sich ihm. Literarischer Ehrgeiz trieb Rilke zu einer Anspannung aller Kräfte, aber auch der Wunsch, ja der Zwang, als Ersatz für das verblaßte Leitbild vom Offizier, auf das seine Zukunft zugeschnitten gewesen war, mit dem Beweis aufzuwarten, daß Erfolg, ja Berühmtheit und Größe als Weggötter auch an der Laufbahn eines Schriftstellers, eines Dichters stehen.

Im Andrang dieses übereifrigen Treibens kam das begonnene Studium zu kurz, vor allem als er, der zum Wintersemester 1896 von Prag nach München übergewechselt war, dort Lou Andreas-Salomé begegnete.

Studienjahre (1896–1900)

Gewiß, die Übersiedlung nach München als solche hatte René Rilke aus der provinziellen Enge Prags, der Stadt der »vielen Feindschaften und Falschheiten« gelöst, ihm den größeren Lebenskreis eröffnet. Alles aber, was der Winter an Neuem, Förderndem gebracht hatte: Studium und Freunde, Wilhelm von Scholz, Jakob Wassermann, der Musiker Oscar Fried gehörten dazu, sank ihm zur Bedeutungslosigkeit hinab vor dieser 36jährigen Frau. Sie wurde der Mensch von bestimmendem Einfluß auf sein Leben, dem er bedingungslos vertraute, von dem er sich in kommenden Jahren, auch wenn ihre Lebenswege bald wieder getrennt verliefen, in allen schweren Krisen Rat erbat und Hilfe versprach. Vom ersten Begegnen bis zu seinem schweren Tod wußte er sich ihr tief innerlich über jedes Wort hinaus verbunden.

Nur für einige Monate, vorübergehend also, hatte Lou Andreas-Salomé ihren Wohnsitz Berlin mit München vertauscht. Rilke traf mit ihr Anfang Mai erstmals zusammen, verlebte stürmisch-glückliche Sommerwochen im gemeinsamen Erholungsort, dem Dörfchen Wolfratshausen, verließ dann in ihrer Begleitung am 1. Oktober München und folgte ihr für die nächsten vier Jahre nach Berlin. Am Stadtrand von Berlin, in Waldesnähe, zuletzt in Schmargendorf, unweit des Ehepaars Andreas, fand er seine neue Bleibe. Der Iranist Dr. Friedrich Carl Andreas wirkte als Lektor am Berliner Orientalischen Seminar, 1903 folgte er einem Ruf als Ordinarius nach Göttingen.

In allem war das Leben mit Lou, die seinen Vornamen René in Rainer wandelte, den Rilke alsbald zu dem seinen machte, ein Neubeginn. Morgengänge, barfuß im taufrischen Gras, Holz für den Haushalt zerkleinern, sich selber schlichte, vegetarische Mahlzeiten bereiten können, das war ihm wichtig, machte ihn stolz. Reizmittel verschwanden für die Dauer aus seiner Lebensführung – seine Ansprüche an das Leben veränderten sich.

Das bedeutendste Erlebnis, das Lou Andreas-Salomé Rilke vermittelte, war ihre Heimat: Rußland; er hatte es kaum mit ihr betreten, da empfand er es als die seine. Die beiden gemeinsamen Reisen zu den russischen Ostern 1899 und von Mai bis August 1900 erfuhr Rilke in allen Phasen als ein Heimkommen: »Das alte Rußland ist für immer eingelassen in die Grundmauern meines Lebens« bekannte er Leonid Pasternak noch im Frühjahr 1926. Auf Pasternak, der in Moskau mehrere Porträtskizzen des jungen Rilke machte, wirkte dieser wie ein »russischer Intellektueller«. Seinem Sohn, dem damals zehnjährigen Boris, prägte sich das Bild des Fremden »im dunklen Tirolerumhang, neben der hochgewachsenen Frau« unvergeßlich ein. Intensiver als die Menschen Berlins, denen er meist durch Vermittlung des Ehepaars Andreas begegnete: Stefan George, die Brüder Carl und Gerhart Hauptmann, Georg Simmel, sein Universitätslehrer, das Verlegerehepaar Fischer, mehr als diese berührten Rilke die russischen Menschen: Arbeiter, Bauern, Künstler, unter ihnen im fernen kleinen Wolgadorf der Bauerndichter Spiridon Drožžin. Zentrale Erlebnisse waren auf beiden Reisen die Besuche in Moskau und auf dem Landgut Jasnaja Poljana bei dem ehrfurchtgebietenden Leo Tolstoi, dem »greisen Mann, zu dem man immer wie ein Sohn kommt«. Die russische Landschaft zeigte sich ihnen am großartigsten während der Fahrt wolgaaufwärts von Saratow nach Jaroslawl. Russische Frömmigkeit begegnete ihnen außer in der Moskauer Osternacht am inbrünstigsten in den Höhlenklöstern von Kiew. Russische Gastfreundschaft genossen sie am herzlichsten in Novinki im Hause des Grafen Nicolai Tolstoi – nur entfernt verwandt mit dem Dichter –, dem Gutsherrn Spiridon Drožžins. Rilke hatte in Berlin neben kunsthistorischen auch ›russische‹ Kollegs belegt. Doch erarbeitete er sich das sprachliche Rüstzeug vorwiegend privat, und gemeinsam mit Lou Andreas vertiefte er sich in Literatur, Geschichte und Kunstgeschichte des Landes, um in Moskau und Petersburg in Museen, Galerien und Bibliotheken gründlich und ertragreich sein Material für geplante Essays über russische Maler – ihn fesselten Kramskoi, Iwanow, Levitan – zu sammeln. Im Winter 1899/1900 wagte sich Rilke an Übersetzungen: Tschechows ›Möwe‹, Teile von Dostojewskys ›Armen Leuten‹ wurden übertragen; es gelang ihm, Gedichte Drožžins und einiges Lyrische zu übersetzen. Ende November/Anfang Dezember 1900 schrieb er für Lou A.-S. sechs Gedichte in russischer Sprache nieder. Es war damals sein Plan, wie er seiner Mutter brieflich äußerte, zeitgenössischer und älterer russischer Kunst Eingang in Deutschland zu verschaffen; sich durch Ausstellungen, Essays, Übersetzung kunstgeschichtlicher Werke eine Existenz zu gründen. Alle Pläne blieben unausgeführt; zwar vollendete Rilke noch im Winter 1903/04 in Rom »in seinem alten russischen Hemd« die Übertragung des Igor-Liedes – aber auch dieses wurde zu seinen Lebzeiten nicht veröffentlicht.

Seine »Skizzenbücher«, später hießen sie schlicht ›Taschenbücher‹, die ihn zu Hause, auf Reisen, im Kolleg, im Café begleiteten, füllten sich: es tauchten vereinzelt damals schon Gedichte in französischer Sprache neben den russischen auf. In einer Novembernacht 1899 schrieb Rilke »Die Weise von Liebe und Tod des Cornets Otto Rilke« nieder; in zehn Tagen entstanden gegen Monatsende die Geschichten »Vom lieben Gott...« Als erster Ertrag der großen russischen Reise lag im September/Oktober 1899 binnen zwei Wochen das »Buch vom mönchischen Leben« im Manuskript vor, später der erste Teil des Stunden-Buchs. Freilich, der für 1898 bestimmte Gedichtband, der als »Dir zur Feier« seine an Lou gerichteten Liebesgedichte zusammenfassen sollte, blieb auf deren Wunsch unveröffentlicht. »Mir zur Feier« mit Buchschmuck von Heinrich Vogeler, zu Weihnachten 1899 erschienen, nannte Rilke sein erstes eigentliches Buch, das er auch später noch gelten und vom Insel-Verlag wiederauflegen ließ: als die »Frühen Gedichte«, vereint mit seiner Szene »Die weiße Fürstin« (1909).

Worpswede – Westerwede (1900–1902)

Unmittelbar nach der Rückkehr aus Petersburg folgte Rilke im August dankbar einer Einladung Vogelers, den er in Florenz 1898 kennengelernt hatte, nach Worpswede in dessen »Barkenhoff«. Die großräumige, stille Moorlandschaft, die ihrer Kunst ernst und gelassen verpflichteten Maler, ihr schlichtes, in die unverkümmerte Natur hineingestelltes Leben ließen Rilke rasch Vertrauen fassen. Neben Vogeler traten ihm der Landschafter Otto Modersohn und die beiden von Paris ins heimische Bremen zurückgekehrten jungen Künstlerinnen, die Malerin Paula Becker und die Bildhauerin Clara Westhoff herzlich nahe. Sie waren jung, standen am Beginn ihres Weges, und mit einem Schlage war er aus dem Kreis der Fertigen, der Reifen, der ihn in Berlin umgeben

hatte, in den Kreis der Werdenden hinübergetreten – er gehörte doch selber zu ihnen in dem Lebensgefühl, das ihn bis zuletzt nicht verließ: »O Anfängerschaft ohne Ende!«
Worpswede hielt ihn fest; am 28. April 1901 heiratete er die 22jährige Clara Westhoff, Tochter eines Bremer Kaufmannes – zuvor war Rilke aus der katholischen Kirche ausgetreten. In einem Bauernhaus im benachbarten Westerwede, das Raum für Claras Atelier bot, zu ihren Arbeiten gehörte eine Büste ihres Mannes, richteten sie sich ein. Während des Sommers wuchs der Vorrat für den kommenden Gedichtband »Das Buch der Bilder«. Der zweite Teil des Stunden-Buches: »Das Buch von der Pilgerfahrt«, wurde in vierzehn Herbsttagen niedergeschrieben. Am 12. Dezember, kurz vor Weihnachten, wurde den Rilkes ihr einziges Kind, ihre Tochter Ruth geboren. An dem sicheren Wissen, nun geborgen zu sein, prallte von Rilke sogar die Nachricht von dem Mißerfolg der Aufführung seines Dramas »Das tägliche Leben« ab (am Berliner Residenztheater am 20. Dezember). Auch für Hamburg wurde daraufhin das Stück abgesetzt.
Das Jahr 1902 begann für Rilke mit einer ihn tief erschreckenden Nachricht. Seine Prager Verwandten stellten die Zahlung des Studienstipendiums ein, da er nicht mehr studiere. In angstvollen Briefen suchte Rilke verzweifelt durch Bekannte und Freunde bei einer Zeitschriften-Redaktion eine Stelle mit festem Einkommen zu erlangen, eine Existenzgrundlage für seine Familie zu beschaffen. Vergeblich, es fand sich jedoch einiges andere. Essays, Bücherbesprechungen für das Bremer Tageblatt, wobei er Herausragendes wie Thomas Manns »Buddenbrooks«, Fr. Huchs »Peter Michel«, Hesse, H. Bang, Ellen Key: »Das Jahrhundert des Kindes«, mit Sicherheit würdigte. Der Verlag von Velhagen und Klasing trug ihm einen Band über die Worpsweder Künstler auf – im Juni lag sein Manuskript »Worpswede« bei der Redaktion. Der Breslauer Kunsthistoriker Richard Muther

wünschte eine Monographie über Auguste Rodin für die von ihm herausgegebene Serie ›Kunst‹ im Verlag Bard, Berlin; diese Arbeit verlangte einen Aufenthalt in Paris. Rilke nahm an, schrieb sie im November/Dezember in Paris nieder, er widmete den schmalen Band seiner Frau. Der Entschluß, dafür den Haushalt aufzulösen, war im August gefallen, denn auch Rilkes eigene neue Bücher, der Novellenband »Die Letzten«, das mit Sorgfalt und Freude zum Druck gegebene »Buch der Bilder« brachten keine Honorare. Ein finanzieller Erfolg hätte in diesen Jahren für Rilke allein im Verkaufsanteil gelegen, der bei all seinen Büchern gering blieb. Die kleine Ruth hatten Claras Eltern in Obhut genommen, bei denen sie in Oberneuland bei Bremen ihre ganze Kindheit verlebte; Clara Rilke-Westhoff folgte ihrem Mann nach, um mit Hilfe der Eltern ihre Studien bei Rodin fortzusetzen.

Wanderjahre und neue Freunde (1902–1907)

Am Ausgang des Jahres 1902 stand Rilke vor einer Entscheidung, die über sein Leben bestimmte. Er hatte an sich erfahren, daß seine ›Feder‹ für Brotarbeit eingesetzt, außerstande war, daneben seine eigenste dichterische Arbeit zu leisten – Erschöpfung ließ sein Inneres verstummen, er spürte es absterben. Rilke entschied sich für seine ›Arbeit‹, die ihm aufgetragene dichterische Aufgabe, ihr allein hatte er zu gehorchen. Zugleich lag in dieser Wahl der tiefe Konflikt begründet, der Zwiespalt zwischen Leben und Arbeit, unter dem fortan sein Dasein sich vollzog. Auch die Angst kommender Jahre war darin bereits beschlossen, die lähmende Furcht vor dem Erlöschen seiner Kreativität, der er alles geopfert hatte. Selten ist ein tapfererer Entschluß gefaßt worden. Zunächst bedeutete dies für Rilke ›Wanderjahre‹ antreten und ›Gastfreundschaften‹ annehmen; es war ihm nicht möglich, in Westerwede oder andernorts noch einmal ein Heim für sich und seine kleine Familie zu gründen.

Solange Clara noch in Worpswede ein Atelier gemietet hatte, war er dort in kommenden Jahren der Weihnachtsgast. Aus Paris flüchtete sich Rilke, von Influenza mehrfach heimgesucht, im April 1902 nach Viareggio, dort entstand in einem ersten Aufwachen seines verschütteten Ichs der dritte und letzte Teil des Stunden-Buchs: »Von der Armuth und vom Tode«. Wie unbeschreiblich schwer er selber, am Rande der Armut lebend, das Elend der Großstadt Paris ertrug, breitete er in einem langen Briefe vor Lou Andreas-Salomé aus – dieses Entsetzen ist in die »Aufzeichnungen des Malte Laurids Brigge« eingeschmolzen worden.
Die nächsten Stationen mühsamer, kärglicher, unruhiger Jahre waren: Rom im Winter 1903/04; Schweden im Sommer/Frühwinter 1904. Dem folgte ein gescheiterter Versuch im S.S. 1905, sein abgebrochenes Studium in Berlin bei Simmel fortzusetzen. – Endlich tat der Eintritt in den Freundeskreis um die Gräfin Schwerin, der Sommer-Aufenthalt in ihrem Waldschloß Friedelhausen und die Freundschaft mit Rodin, die ihn nach Paris zurückführte, ein kurzes helleres Wegstück vor ihm auf. Erst vom Sommer 1906 ab wurde es Rilke mit Freundeshilfe möglich, in Paris mählich Wurzeln zu schlagen – Paris war in Zukunft für ihn der fruchtbarste Ort für seine Arbeit, dort erreichte er seine Meisterschaft.
Nach Rom hatte Rilke seine Frau begleitet, der Rodin für ihre weitere Ausbildung dies anriet – Rilke versuchte, und zwar öfters mit Erfolg, für Clara und sich Künstler-Stipendien zu erhalten. Im großen Park der Villa Strohl-Fern fand neben Clara auch Rilke ein kleines Einzelstudio. Dort begann er in den ersten Februartagen 1904 mit den »Aufzeichnungen des Malte Laurids Brigge«. »Da zeigte es sich,« schrieb er Lou Andreas-Salomé, »daß meine Arbeitsweise (ebenso wie mein viel aufnehmenderes Schauen) sich geändert hat, so daß ich wohl nie mehr dazu kommen werde, ein Buch in zehn Tagen

(oder Abenden) zu schreiben, vielmehr für ein jedes lange und ungezählte Zeit brauchen werde.« (15.4.1904). Diese große Arbeit wurde erst 1910 beendet.
Aus Schweden hatte Rilke ein erstes ›europäisches‹ Echo seines Schaffens erreicht – Ellen Key, die schwedische Pädagogin und Schriftstellerin, bereitete einen Essay über den jungen »österrikisken diktare« vor und hielt April 1904 in Lund, Göteborg und Kopenhagen Vorträge über ihn und sein Werk, gestützt auf ihre von Rilke sorgsam beantworteten Fragen. Der hilfreichen, mütterlichen Freundin klagte er seine Angst vor dem heißen römischen Sommer, ihr verdankte er die Einladung auf das Gut Borgebygård in Schonen für den Sommer, die sich bei neu gewonnenen Göteborger Freunden dort bis in den Winter ausdehnte. Kopenhagen, ›Jacobsens Stadt‹, die Heimat seines imaginären jungen Dänen M. L. Brigge nahm Rilke mit Entzücken auf. Um Jacobsen und Kierkegaard im Original lesen zu können, lernte er Dänisch und übersetzte in Borgeby Kierkegaards Brautbriefe, die damals neu vorlagen, die Arbeit blieb unveröffentlicht. Skandinavien, seine wohlwollenden, aufgeschlossenen Menschen wurden ihm zu Freunden und schienen ihm in kommenden bedrängten Jahren als eine sichere Zuflucht. Manches von dem, »was tief in ihn einsank«, fand durch ›Malte Laurids Brigge‹ ins Wort zurück.
Der Mai 1905 sah ihn dann in Worpswede über der Redaktion des »Stunden-Buchs«, dessen Handschriften z. T. in Göttingen in Lou Andreas-Salomés Verwahr und Besitz sich befanden, so daß daraus und danach ein erstes Wiedersehen seit 1901 sich ergab. Mit diesem Gedichtband, der Weihnachten 1905 vorlag, knüpfte sich die dauernde Verbindung zum Insel-Verlag, in dem künftige Werke auf sicheres Erscheinen rechnen konnten. Dr. Kippenbergs, des Verlagschefs persönliches Eingreifen brachte allmählich Ordnung in Rilkes verfahrene Verlagsangelegenheiten; soweit nötig, kaufte er

Rilke aus den Verträgen los und konnte schließlich das Werk Rilkes im wesentlichen in der ›Insel‹ vereinen.
»Das Stunden-Buch« verhalf Rilke zu seinem ersten großen Erfolg, zumal die Besprechung Karl v.d.Heydts in den Preußischen Jahrbüchern dem Dichter einen neuen, anderen Leserkreis als bisher erschloß. K.v.d.Heydt, Bankier und Schriftsteller hatte den jungen Rilke in Schloß Friedelhausen im gastlichen Kreis um die Gräfin Luise Schwerin kennengelernt und wurde ihm über Jahre ein gütiger Förderer. Viele Fragen aus den unbefriedigenden und unergiebigen Berliner Universitätswochen konnte Rilke zudem in Friedelhausen vor dem bedeutenden Naturforscher und Philosophen Jacob von Uexküll, dem Schwiegersohn der Gräfin, ausbreiten, im Gespräch und in gemeinsamer Lektüre klären. An einem der Sommerabende las Rilke aus seinen »Aufzeichnungen des Malte Laurids Brigge« das Fragment von Christine Brahes Erscheinung: »Zwölf Jahre oder höchstens dreizehn muß ich damals gewesen sein...«
Wie ein ›Sohn‹ aufgenommen, lebte Rilke von September 1905 bis Anfang Mai 1906 in Meudon-Val-Fleury im Haus Auguste Rodins. Freundschaftlich vereinbarte man, er solle dem Meister als ein Privatsekretär dessen Korrespondenz betreuen, doch solle er Zeit für seine eigene dichterische Arbeit behalten und könne unbeschwert seine beiden Rodins Werk gewidmeten Vortragsreisen durchführen. Dies Anliegen hatte ihn Paris und Rodin erneut aufsuchen lassen. Die 200,— Franken Gehalt beglückten Rilke tief, konnte er doch endlich auf den Zuschuß seines kränkelnden Vaters verzichten.
Rodins großes Werk, sein unermüdliches Schaffen, sein anspornendes Wort: »il faut travailler toujours« prägten Rilkes eigene Arbeitsweise, führten ihn zur Meisterschaft. »Es rauscht von Kräften, die in einen einströmen, es kommt eine Lebensfreude, eine Fähigkeit zu leben über einen, von

der ich keine Ahnung hatte. Sein Beispiel ist so ohnegleichen...«, (an Clara Rilke, 20.9.1905).
Und doch endete die Zeit mit einem grellen Mißklang. Rilke erlebte es erneut, daß jede ›Brotarbeit‹ sein Schaffen hemmte, im April schrieb er, »er harre nur noch aus.« Ebenso Rodin, er fand Rilke, der im März 1906 seinen Vater verloren hatte und deshalb verspätet von der zweiten Vortragsreise zurückkehrte, weniger gewissenhaft, ja eigenmächtig in der Beantwortung der aufgehäuften Briefschaften. Es kam zu heftigen Vorwürfen durch Rodin, und Rilke verließ sofort in stummer Trauer Meudon – dennoch vertauschte er sein stilles Häuschen im Park von Meudon aufatmend mit einem engen Pariser Hotelzimmer, war er doch wieder frei.
Es harrte seiner sehr viel Arbeit. »Das Buch der Bilder« erfuhr eine zweite, stark vermehrte Auflage, »Die Weise von Liebe und Tod des Cornets Christoph Rilke«, bisher nur in einer Zeitschrift erschienen, kam als selbständiger Band heraus, damals fast unbeachtet.
Noch reichten Rilkes Einkünfte nicht aus, sich in Paris für einen längeren Zeitraum einzurichten, ohne K. v. d. Heydt hätte er nicht einmal für diese Arbeitsmonate durchhalten können. Nach einem erneuten Besuch in Friedelhausen, diesmal mit Clara und Ruth, die ihn vorher auf einer Flandern-Reise begleitet hatten, nahm er für den Winter 1906/07 eine Einladung nach Capri an. Hausherrin war dort in der Villa Discopoli Frau Alice Faehndrich, Schwester der verstorbenen Gräfin Luise Schwerin. Von den Gedichten des Capreser Winters erhielten viele Aufnahme in dem im folgenden Sommer in Paris für den Insel-Verlag zusammengestellten Gedichtband »Neue Gedichte« – Karl v. d. Heydt gewidmet. Das »Lied vom Meer. Uraltes Wehn vom Meer/Meerwind bei Nacht...«, eines der berühmtesten Gedichte Rilkes, fand seine erste Niederschrift im Gästebuch der Villa Discopoli. Im Zusammensein mit seiner Gastgeberin, deren

Mutter Engländerin war, begann Rilke, dem das »il faut travailler toujours« Richtschnur geworden war, die Übertragung der Sonette der englischen Dichterin Elizabeth Barrett-Browning – als »Sonette nach dem Portugiesischen« die erste der großen Nachdichtungen Rilkes, die der Insel-Verlag herausbrachte, die einzige aus dem Englischen.

Meisterjahre und die großen Reisen (1907–1914)

Eine großzügige Spende des Berliner Verlegers S. Fischer und regelmäßige Einkünfte durch den Insel-Verlag erlaubten Rilke endlich im Mai 1907, sich von den Gastfreundschaften zu lösen und ruhige, gesicherte Arbeitsjahre in Paris vor sich zu wissen. Er konnte sich nun aus der Hotel-Existenz befreien und war seit 1908 in der Rue de Varenne einer der Bewohner des schönen alten Palais Biron geworden – bald Nachbar von Rodin, der sich, entzückt von den Räumen, gleichfalls mit Ateliers dort installierte. Längst war jenes Unrecht ausgeglichen: »A mon grand ami Auguste Rodin« lautete die Widmung von der »Neuen Gedichte anderer Teil«. Trotz aller Zurückgezogenheit wuchs ihm ein kleiner französischer Freundeskreis zu. Emile Verhaeren, André Gide, Romain Rolland, Charles Vildrac sahen ihn bei sich. Der Herbstsalon, die alljährliche Ausstellung französischer Künstler, von 1907 brachte ihm die Begegnung mit dem Werke Paul Cézannes: »Da ist alle Wirklichkeit auf seiner Seite«, heißt es schon beim ersten Besuch und: »Ich war heute wieder zwei Stunden vor einzelnen Bildern, mir ist das irgendwie nützlich, fühle ich« (an Clara R., 10. 10. 1907). Rilkes Paris ist das des Louvre, des Jardin des Plantes und des ›Luxembourg‹, die Straßen, die Menschen – nicht die Welt der Oper, des Theaters, der Musik.

Für Rilke bedeutete Paris ›Arbeit‹, der Übergang von der geschenkten Inspiration hin zur herbeigerufenen, festgehaltenen: »Wie sehr ist anderswo Sehen und Arbeiten verschieden... Hier ist es fast dasselbe«, für ihn bedeutete es darüber hinaus »unbedingte Einsamkeit«: »dicht gemacht wie eine Dunkelkammer« und »in eintöniger Regelmäßigkeit die Tage abspulend, Arbeitstag nach Arbeitstag.« In diesen Spannungen gelangen, um es noch einmal zusammenzufassen, im Sommer 1907 die Vollendung des Gedichtbandes: »Neue Gedichte« und die Niederschrift des zweiten Teiles der Rodin-Monographie. Im August 1908 konnte an den Insel-Verlag das Manuskript der »Neuen Gedichte anderer Teil« abgehen, der Vorstoß zu immer sachlicherer Aussage ist darin gelungen in seiner vollen Unerbittlichkeit. Anfang November 1908 trug ihm mitten in den »sehr glücklichen und soliden Fortschritt« der »Aufzeichnungen des Malte Laurids Brigge« eine unerwartete starke innere Strömung zwei Requien zu, deren eines der vor Jahresfrist verstorbenen Malerin Paula Modersohn-Becker gewidmet war, das andere dem jungen Dichter Grafen Wolf von Kalckreuth galt, dessen »Schicksal und Hingang« Rilke dringend berührt hatten.

In den ausgehenden Dezembertagen 1909 war die ihn zuletzt verzehrende Arbeit am »Malte Laurids Brigge« beendet. Erinnerungen, Eindrücke, Erlebnisse, Geschautes, Gelesenes, alles das wurde eingebracht in die Kelter dieser Aufzeichnungen. Venedig, das er sich erstmals im November 1907 tiefer erschlossen hatte, die Frühlings- und Herbstreise 1909 in die unvergeßliche Provence mit dem antiken Theater, dem römischen Triumphtor von Orange, der Gräberstraße von Arles, dem Steingebirge des Papstpalastes zu Avignon, Paris selbst, seine Museen, darin die Wandteppiche der Dame à la Licorne, die Hospitäler, seine Armen, seine Kranken, alles ist, verschiedenen Fragestellungen unterworfen, darin eingegangen, darin aufgearbeitet. Eine Schwelle aber zeigte sich unüberwindlich, Rilke fand keinen Zugang zu den fünf Jahren seiner Militärerziehung, diese Zeit blieb ausgespart, ein erratischer Block lag sie an Rilkes Weg. Vier Arbeitsjahre,

wie Rilke sie in der gleichen intensiven Dauer nicht wieder geleistet hat, das bedeutete für ihn Paris.
Eine »Wasserscheide« nannte Rilke seine umfangreichste Prosaarbeit. Sie ließ ihn leer, wie an totem Ufer ausgesetzt, zurück, mit öden Augen starrte ihn das Europa seines »Malte« an. Es drängte ihn, unterzutauchen in völlig fremder Umgebung, auf anderem Kontinent, so unabweisbar, daß er im November 1910 – im Sommer hatte der Insel-Verlag die ›Aufzeichnungen‹ herausgebracht – in wenig kongenialer Gesellschaft einer Einladung zu einer Nordafrikareise folgte. Algier, die Oase Biskra, El Kantara öffneten ihm die arabische Welt; er vertiefte sich in die Sprache, begann im Koran zu lesen. Es folgten Karthago, Tunis und Kairouan mit dem weißen Mauerring, der ungeheuren Moschee. »Neue und großartige Fremde« brachte ihm nach kurzer Zwischenpause in Neapel Ägypten; die Nilfahrt an Bord des Dampfers »Ramses« führte von Kairo bis Assuan über Memphis, Luxor, Karnak, Theben mit dem Tal der Könige, Edfu. Eine Nilbarke prägte sich dem Dichter so tief ein wie die mondbeschienene Säule in Karnak, wie der noch von Sand halb verschüttete Sphinx. Von Gesehenem, Erlebtem erschöpft, trennte sich Rilke im Februar von den Mitreisenden, blieb bei Freunden in Helouan und kehrte über Venedig im April 1911 nach Paris zurück.
Die Krise war jedoch nicht überwunden, die Rastlosigkeit blieb, Freunde halfen weiter. Um jene Zeit im September 1911 als Clara Rilke mit Ruth nach München übersiedelte, ging von ihr der »Wunsch nach einer Scheidung« aus, über den man sich »auf das Freundschaftlichste« einigte – doch kam es letztlich nicht dazu. Bevor der Weltkrieg ihn wie in einem Gefängnis einschloß, schöpfte Rilke freizügig das Großräumige des alten Europa aus, soweit es Mittel und Kräfte erlaubten. Paris blieb ihm Zuflucht und Vorwurf zugleich. Gebendste Gastfreundschaft half über die ‹Jahre der Dürre›, da Rilke sich nicht entschließen konnte, von seinen nach-

wachsenden eigensten Arbeiten dieser Zeitspanne anderes als Einzelstücke zum Druck zu geben. Neben dem Verlegerfreund Anton Kippenberg und dessen Gattin Katharina, der ›Inselherrin‹, die ihm den Zugang zu Goethe und Goethes Weimar erschlossen, ist es die beschützende Freundschaft der Fürstin Marie von Thurn und Taxis-Hohenlohe, die für Rilke zum festen Bestandteil seines Lebens fortan wird. Viele beglückte Leser des Stunden-Buchs, seiner frühen Werke, wie etwa Ellen Key, waren befremdet, ja ihm entfremdet, durch Rilkes verändertes »künstlerisches Anschauen... auch im Schrecklichen und scheinbar nur Widerwärtigen das Seiende zu sehen, das ... gilt«, wie es seit den »Neuen Gedichten« seine dichterische Aussage prägte (an Clara Rilke, Paris, 19. 10. 1907). Dafür waren Rudolf Kassner, Hofmannsthal, Graf Kessler, der Taxissche Kreis, Kippenbergs ihm gewonnen. Auf ihrem Besitz Lautschin in Böhmen, dem Felsenschloß Duino bei Triest und dem Mezzanino im Hause der Valmarana in Venedig sah die Fürstin Taxis Rilke wochen-, ja monatelang als Gast und Hausgenossen. Als sie nach gemeinsamem Aufenthalt Duino im Dezember 1911 verließ, blieb Rilke dort in abgeschlossenster Einsamkeit, doch freundlich umsorgt zurück und gehorchte dem »Diktat«, unter dem er Ende Januar 1912 die beiden ersten der »Duineser Elegien« niederschrieb. Wieder trug ihm damals wie 1908 eine Nebenströmung die kleine Gedichtfolge des »Marienlebens« zu. Die Elegien hielt Rilke zurück, nur wenige Freunde außer der Fürstin, wie Lou Andreas-Salomé, Rudolf Kassner und Hofmannsthal wußten darum; gedruckt wurde lediglich »Das Marien-Leben«.
Im Frühling siedelte Rilke nach Venedig in die dortige Wohnung der Fürstin über. Der Sommer stand im Zeichen der großen Tragödin Eleonore Duse und dem vergeblichen Bemühen Rilkes, ihr eine schauspielerische Aufgabe zu finden, die sie der Bühne zurückgegeben hätte. Im Herbst des

Jahres 1912 brach Rilke nach Spanien auf; Grecos Toledo rief ihn mit geheimer Gewalt – er hoffte dort seinen Elegien-Engeln wieder zu begegnen und wirklich, in einzelnen Stößen, in Bruchstücken schritt die Arbeit fort. In Paris, im Spätherbst 1913, lag eine dritte Elegie abgeschlossen vor, von der späteren sechsten war im winterlichen Ronda ein größeres Fragment niedergeschrieben. Seine Taschenbücher füllten sich in Spanien – Córdoba, Sevilla wurden kurz besucht – mit großen Gedichten, mit Prosaaufzeichnungen von unerhörter Dichte, in denen er die Grenzen für Sagbares weit hinausschob. Doch er umgab diese Arbeiten mit einer Mauer von Schweigen oder, falls ihm etwas abgefordert wurde, mit einer Fülle von Klagen. Nur einzelne Proben im »Insel-Almanach«, den »Weißen Blättern« Kurt Wolffs wurden bekannt. Als Äquivalent bot er dem Publikum seine Übertragungen, von denen fast alljährlich ein schmaler Band vorlag: 1911 von Maurice de Guérin: »Der Kentauer«; 1912 »Die Liebe der Magdalena. Ein französischer Sermon«; 1913 »Portugiesische Briefe. Die Briefe der Marianne Alcoforado«, wohl nicht von ihr, der ›Nonne‹ geschrieben, vielmehr eine literarische Neuschöpfung des Gabriel-Joseph de Lavergne (1628–1685). Es folgte 1914 von André Gide »Die Rückkehr des verlorenen Sohnes«. Im Kriege 1917 erschienen noch die »Vierundzwanzig Sonette der Louize Labé, Lyoneserin«. Dagegen gab Rilke seine Nachdichtungen der Sonette des Michelangelo aus den Kriegsjahren als Ganzes nicht aus der Hand.

Rilkes Wohnsitz blieb bis zum Ausbruch des Krieges Paris, dorthin kehrte er im Frühling 1913 aus Spanien zurück; von dort aus suchte er im Frühsommer Erholung in Bad Rippoldsau im Schwarzwald, besuchte Lou Andreas-Salomé in Göttingen, Kippenbergs in Leipzig und Weimar; es folgte Berlin, wo ihn im Museum immer aufs neue die ägyptischen ›Wunder‹, Amenophis IV. und seine Gattin, bezauberten. Dann

München, wohin Lou Andreas-Salomé und Freud zum psychoanalytischen Kongreß gekommen waren, und die Fahrt zur Claudel-Aufführung Anfang Oktober in Hellerau. Dort traf er mit Franz Werfel zusammen, in dem er den jungen Dichter sah, die Generation nach ihm. Schon Ende Februar 1914 verließ er Paris aufs neue, die junge Musikerin Magda von Hattingberg zog ihn nach Berlin; in ihr glaubte er einen Menschen gefunden zu haben, neben dem Arbeit und Leben ohne Konflikt ineinanderfließen könnten – vergeblich. Müde von dieser Enttäuschung, überdrüssig seiner eigenen Lebensungeschicklichkeit, schloß er am 19. Juli die Tür seiner Wohnung 17, rue Campagne-Première hinter sich, um zunächst mit Lou Andreas-Salomé, dann mit Kippenbergs Pläne für seine Zukunft zu machen. Er wollte studieren, Medizin, er dachte an Hans Carossa, Arzt und Dichter; Naturwissenschaften allgemein, auch Ägyptologie wurden erwogen. Er fuhr in den letzten Julitagen von Leipzig nach München, wo seit 1911 Clara und Ruth Rilke lebten, als der Krieg ausbrach, der Europa in Feindländer aufspaltete und die Einheit des alten Erdteils zerriß.

Weltkrieg (1914–1919)

Anfangs und für Tage nur, glaubte sich Rilke in »Einer Gewalt und Einem Gefühl« mit dem allgemeinen Schicksal, glaubte er den »Kriegsgott« aufstehen zu sehen. Nach Wochen schon sah er in allem nur das namenlose menschliche Verhängnis, das unselige Machwerk, völliges Versagen, unaufhaltsames Schrecknis, in dem Europa zugrunde ging, in dem dessen Jugend verschlungen wurde. Gerade ihr begegnete Rilke jetzt wieder, traf, seit er seine letzte Vortragsreise 1910 beendet hatte, erstmals auf einer gewissen Breite mit seinen Lesern zusammen, war gerührt, ja ergriffen von der ihm entgegengebrachten warmen Verehrung, unter der eine ihn bedrohende Vereisung aufschmolz. Den jungen Hölderlin-

Forscher Norbert von Hellingrath ließ er mit Sorge ins Feld ziehen. Der letzte Ertrag von dessen Arbeiten, ein Vordruck für Freunde zunächst: »da steht nun das erhabene lyrische Werk in einer Fülle und Blüthe da, wie man's nie gewahrte«, war ihm ständig zur Hand, nahm auf leeren Blättern eigene Verse auf, (Irschenhausen/Isar, am 5.9.1914).

Sie alle, Hellingrath selber, Marwitz, Seckendorff, Franz Marc, »dessen Bilder einigen von uns zum Ereignis geworden sind,« kehrten aus dem Krieg nicht zurück. Daneben versank ihm sein eigener harter Verlust. Seine gesamte Pariser Habe, Papiere, Briefe, Bücher, einige Möbel, Bilder, Garderobe hatte man dort, da der Mietzins ausblieb, ohne weiteres versteigert. Wenigstens einen Teil der Manuskripte, von Gide schließlich gerettet, erhielt Rilke lange nach Kriegsende zurück. Wie es sich für ihn, den Heimatlosen ergab, verbrachte er die Münchener Jahre in Pensions- und Hotelzimmern, gelegentlich auch wieder als Gast. So sah ihn der Sommer 1915 an seinem Arbeitstisch vor einem herrlichen Picasso »Les Saltimbanques« – Frau Hertha Koenig war die Besitzerin, sein verlorenes Paris, mit allem, was er liebte, stellte sich ihm damit täglich vor Augen. Ende November 1915 traf den Vierzigjährigen die Einziehung zum österreichischen Landsturm. Bis zur Entlassung Juni 1916 lebte er in einer noch tieferen Schicht verzweifelter Abgeschiedenheit als bisher – war ihm doch »das dichte graue Militärtuch vors geklärte Gesicht« gefallen – in dem Augenblick, als in rapidem Arbeitsanstieg die Elegiendichtung mit der ›Vierten Elegie‹ wieder zum Durchbruch kam.

In Hofmannsthals Rodaun versuchte der tief erschöpfte Rilke sich in die Freiheit zurückzugewöhnen; ein kurzer Ausbildungsdienst mit der Waffe, dann fünf Monate eintöniger Beschäftigung im Kriegsarchiv in Wien lagen hinter ihm. In diesen Tagen tödlicher Abspannung malte Loulou Albert-Lasard ihr bekanntes Porträt des Dichters, der sich nur ungern zu Sitzungen entschloß, hatte er doch Paula Modersohn-Becker 1906 in Paris als Modell im Stich gelassen. Jetzt mochte er der Freundin lang Versprochenes nicht abschlagen. Seltsamerweise ist das andere Porträt Rilkes ad vivum, die Büste des jungen Schweizer Bildhauers Fritz Huf unmittelbar vor Rilkes Einberufung entstanden, im Dezember 1915, als der Dichter versuchte, durch einflußreiche Berliner Bekannte und Gönner den Gestellungsbefehl rückgängig zu machen – umsonst. In vier Sitzungen konnte Huf das wesentliche in seinen Entwurf hineinholen, dann mußte Rilke nach Wien und von dort aus einrücken. Die für beide Porträts charakteristische auffallende Zurückbezogenheit Rilkes auf sich selber, seine Hinwendung nach innen, abweisend nach außen, ist mit seinem seelischen Zustand in jenen von den Künstlern festgehaltenen Momenten zu erklären. Clara Rilkes Büsten ihres Mannes von 1901 und 1905 zeigen den versunkenen und versonnenen, aber nicht den nahezu erstarrten Dichter. Im Spätsommer 1916 kehrte Rilke nach München zurück. Er hatte vor seiner Einziehung lebhaft und aufgeschlossen an dem, was München trotz des Krieges an Kunstbetrieb noch bot, teilgenommen. In den pazifistischen ›Forum‹-Veranstaltungen hatte er u.a. Heinrich Mann gehört, außerdem Vorträge Alfred Schulers mitgemacht, die dieser Privatgelehrte gestützt auf »eine unermeßliche Belesenheit« und »intuitive Einsicht ins alte kaiserliche Rom« vor einem kleinen Kreis hielt, darin er eine »Welterklärung zu geben unternahm«. Rilke fühlte sich unter den wunderlich erregten und beschäftigten Zuhörern »angezogen und abgetrennt« (an die Fürstin Taxis, 18.3.1915), empfahl aber noch 1918, als Schuler in Dresden sprach, Katharina Kippenberg dringend, von Leipzig aus hinüberzufahren.

Im Theater wurden ihm Strindberg- und Büchner-Aufführungen zum Erlebnis, Kunstausstellungen hatten ihm Franz

Marc, Klee und Picasso neu vermittelt. Jetzt nach der Rückkehr lebte er so eingezogen wie möglich und bemühte sich, seine Arbeitseinsamkeit aufzubauen.

Einladungen nach Böhmen, nach der Schweiz, nach Schweden lehnte er ab. Lediglich einige Sommerwochen auf dem westfälischen Gut von Frau Koenig, anschließend ein Herbst und Frühwinter 1917 in Berlin lockerten seine Münchner ›Unbeweglichkeit‹ etwas auf. Immer häufiger ließ ihn der Gegensatz zu den politischen Anschauungen seiner Umgebung verstummen: »...ich verstehe jetzt, wie Menschen und Thiere eingehen können, wenn sie in ihrer ganzen Umwelt kein Ding mehr haben, das sie kennen; was ist uns noch bekannt in dieser entstellten Zeit? ... sie verwüstet mir meine Erinnerung, wie sie mir meine Gegenwart zum Anstehn bringt ... und wenn man dann plötzlich entdeckt, wie man mit den Ausdrücken der Zeitung sich unterhält, so ergreift einen Ekel und Grauen vor dem eigenen Munde« (30. März 1918 an Fürstin Taxis). Bei Ausbruch der November-Revolution war auch Rilke unter den Tausenden der Versammlungen dabei, den »Dunst aus Bier und Rauch und Volk ... man gewahrte ihn kaum, so wichtig wars und so über alles gegenwärtig klar, daß die Dinge gesagt werden konnten, die endlich an der Reihe sind« (am 7. 11. 1918 an Clara Rilke). Weder der nachfolgende Zusammenbruch der österreichischen Monarchie – »vollends im Österreichischen ein Zuhause zu haben, ist mir unausdenkbar und unausführbar« – noch des deutschen Kaiserreichs berührten ihn. Er bemühte sich, daran zu glauben, daß die neuen Staatsformen, Staatswesen und die staatstragenden Kräfte ein Europa wiedererstehen lassen könnten.

Die Schweizer Jahre (1919–1926)

Im Frühjahr 1919 hatte Rilke erneut die Einladung des Lesezirkels Hottingen in Zürich erhalten, im Spätherbst einen der dortigen Leseabende aus eigenem zu bestreiten. Rilke nahm an; seine letzten Monate in München waren bestimmt durch das Zusammensein mit Lou Andreas-Salomé. Ihr las er jetzt in seiner im Mai 1918 bezogenen eigenen kleinen Wohnung die Bruchstücke der Elegiendichtung vor und übergab ihr vor der Abreise ein Manuskript des Vollendeten und des Fragmentarischen.

Am 11. Juni verließ Rilke Deutschland, die zurückbleibenden Freunde, auch er selbst meinten, es sei nur für kürzere Zeit. Er ist nie mehr zurückgekehrt.

Von Beginn an war Rilke in der Schweiz auf der Suche nach dem »Elegienort«, die Vollendung dieser Arbeit war ihm Existenzgrund, ihren fragmentarischen Zustand empfand er als »Verstümmelung seines Herzens«. Doch auch in der Schweiz hatte Rilke mit Kriegsfolgen zu kämpfen. Ausländer erhielten nur begrenzte Aufenthaltserlaubnis, sein österreichischer Paß wurde ungültig – ärztliche Atteste, ein neuer tschechischer Paß, der ihm als Prager zustand, halfen weiter. Dann drohte ihn der Verfall der deutschen Währung auszutreiben, dabei hatte er als nach 1914 zugezogener Ausländer das Wohnrecht in München inzwischen verloren.

Das »Wunder der Schweizer Gastfreundschaften«, von dem Rilke dankerfüllt sprach, verhalf ihm zum Ziel, und die Freunde, welche sie ihm gewährten, gewann sich Rilke während seiner Lese-Abende, die ihn im Laufe des Novembers außer nach Zürich noch nach St. Gallen, Luzern, Basel, Bern und Winterthur führten. Die hilfreichste und herzlichste dieser Freundschaften knüpfte sich mit Frau Nanny Wunderly-Volkart in Meilen am Zürichsee, sie war die Cousine der Winterthurer Reinharts. Rilkes Briefe an sie spiegeln seine letzten Lebensjahre wie ein Tagebuch.

Voller Wechsel in unruhigem Hin und Her verliefen die ersten beiden Jahre. Genf und Bern zogen ihn am stärksten an. Das helle Genf bot für Rilke eine Erinnerung an Paris,

hier begegnete er in der Malerin Baladine Klossowska einem Menschen, den er dort schon gekannt hatte. Sie befand sich mit ihren beiden Söhnen Pierre und Baltusz in einer ähnlich ungesicherten Lage wie er. Auch als sie zuerst nach Berlin, dann nach Paris zurückkehrte, blieb die enge Verbindung bestehen. Für den reichbegabten Pierre gelang es Rilke 1923 André Gide als Förderer zu gewinnen, für Baltusz steuerte er im November 1920 eine »Préface« zu dessen Tuschzeichnungen von einem zugelaufenen und wieder verschwundenen Kätzchen bei: »Mitsou. Quarante Images«, 1921 in Zürich gedruckt. Baltusz war damals zwölf Jahre alt.
Bern und Basel verkörperten für Rilke Schweizer Geschichte, Schweizer Bürgertradition, die Vergangenheit, durch die ihm die Gegenwart erst Leben gewann, ihm war der Kontakt damit unentbehrlich. Schon zu Beginn seiner Schweizer Jahre im August 1919 lernte Rilke in Soglio im Palazzo Salis, damals als Fremdenpension geführt, die äußeren Konturen des Elegienorts kennen, die »Vereinigung von alten, mit Vergangenheit überfüllten Dingen, Gartenstille und Sommerwind«. In der unberührten Salis'schen Bibliothek, in der dieser Zauber für ihn mächtig wurde, stockten zwar noch immer seine tief unterbrochenen Dichtungen, doch schrieb er dort in einem Zug eine seiner interessantesten gedankenreichen Prosaarbeiten nieder, im Druck »Ur-Geräusch« benannt.
Der eigenständige, entbehrungsreiche Winter 1919/20 in Locarno fand dann sein Gegengewicht in der Geborgenheit von Schloß Berg am Irchel, vom Herbst 1920 bis in den Mai 1921. Rilke verdankte diese Zuflucht dem Eingreifen Frau Wunderly-Volkarts, wie zuvor die Fürsorge der Familien Burckhardt-Von der Mühll ihm im Frühjahr und Sommer 1920 gastliche Bleibe auf deren Landsitz Schönenberg bei Basel bereitet hatte.
Berg brachte trotz tiefer Abgeschiedenheit nur einen ersten

Ansatz zur Elegiendichtung – ein Konflikt zwischen Arbeit und Leben, in dem Rilke in jenen Monaten stand, hinderte sein tieferes Eindringen in den verschütteten Stollen. Zum Winterausgang aber begegnete Rilke hier dem Werke Paul Valérys. Hatte er 1914 die Freunde auf Proust aufmerksam gemacht: »Du côté de chez Swann; ein unvergleichlich merkwürdiges Buch von einem neuen Autor«, so waren ihm jetzt die ihm zunächst einzeln in Zeitschriftenheften zur Hand kommenden Gedichte und Dialoge Paul Valérys, der nach 20jährigem Schweigen damit hervortrat, eine künstlerische Offenbarung. Rilke gelang eine äquivalente Übertragung vom »Cimetière marin« – »ich wußte, ich war gerettet«. Die Bemühung um die Dichtungen Valérys begleitete Rilke von nun an bis an sein letztes Krankenlager.

Auf einem Ausflug ins Valais, die Rhône aufwärts bis nach Sierre, entdeckten Rilke und Baladine Klossowska den alten Wohnturm aus dem 13. Jahrhundert: Château de Muzot, es stand leer und konnte gemietet werden. Der fast aussichtslose Versuch, das alte Haus, das nur Walliser Steinöfen und eine Pumpe im Hof besaß, das mit Lampen und Kerzen beleuchtet werden mußte und einer Wirtschafterin bedurfte, für den Winter bewohnbar zu machen, gelang dank der einfallsreichen Energie von Frau Klossowska. Ende Juli 1921 konnte Rilke in Muzot einziehen, probeweise erst nur, nachdem sein Freund, der Winterthurer Musikmäzen Werner Reinhart den Turm gemietet hatte. Später kaufte er ihn.

»Der Umstand, daß in der hiesigen landschaftlichen Erscheinung Spanien und die Provence so seltsam ineinander wirken, hat mich ... geradezu ergriffen; denn beide Landschaften haben in den letzten Jahren vor dem Krieg stärker und bestimmender zu mir gesprochen als alles übrige« (an Fürstin Taxis, 25.7.21). In den »Quatrains Valaisans« hat Rilke diesem geliebten Rhônetal seinen Dank abgestattet; den gepflegten, von ihm selber versorgten Rosengarten von Muzot in dem

Gedichtkreis »Les Roses« gefeiert, der erst 1927 nach seinem Tod erschien.
Hier schloß sich Rilke im Winter 1921/22 in völliger Einsamkeit ab, vertieft in die Lektüre und in tastende Übertragungen von Valérys Arbeiten bis endlich der Durchbruch gelang, die verhärteten Bruchflächen der Elegienfragmente aufschmolzen. In stürmischem Arbeitsanstieg zwischen dem 7. Februar, an dem die »Siebente Elegie« entstand, und dem 14. wurde das Werk vollendet. »Endlich, Fürstin, endlich, der gesegnete, wie gesegnete Tag, da ich Ihnen den Abschluß – soweit ich sehe – der Elegien anzeigen kann. Zehn! Von der letzten, großen: (zu dem, in Duino einst, begonnenen Anfang...) von dieser letzten, die ja auch, damals schon, gemeint war, die letzte zu sein, – von dieser – zittert mir noch die Hand! Ich habe also dazu hin überstanden, durch alles hindurch... Das Ganze ist Ihr's, Fürstin, wie sollts nicht! Wird heißen: Die Duineser Elegien.« Am »Samstag, den elften um sechs Uhr abends«, sandte Rilke diese jubelnde Meldung der Vollendung an die Fürstin Taxis und Lou Andreas-Salomé hinaus; am 9., dem Donnerstag, schon hatten der Insel-Verleger Professor Kippenberg und Frau Klossowska erfahren: »ich bin überm Berg« und »Merline, je suis sauvé«. Ein »strahlender Nachsturm« trug ihm am 14.2. noch die ›Saltimbanques‹-Elegie ein, die als fünfte an Stelle der bisherigen, nunmehr ausgeschiedenen »Gegen-Strophen« trat: »Und so sind also auch die ›Saltimbanques‹ da, die mich eigentlich schon seit der allerersten pariser Zeit so unbedingt angingen und mir immer seither aufgegeben waren«, heißt es an Lou A.-S. Damit nicht genug, auch der Sonetten-Zyklus ging weiter. Noch vor dem Einsetzen der Elegiendichtung hatte Rilke am 2. Februar mit der Niederschrift eines ›Grab-Mals‹ für die jung verstorbene Wera Ouckama-Knoop begonnen, sechsundzwanzig der »Sonette an Orpheus« lagen am 11.2. fertig vor; mit dem zweiten Teil, der neunundzwanzig Sonette

umfaßt, wurde das Werk am 23. Februar abgeschlossen. Im Juni 1923 veröffentlichte die ›Insel‹ eine Vorzugsausgabe, im Herbst die allgemeine Ausgabe der »Duineser Elegien«, denen im März die »Sonette an Orpheus« vorausgegangen waren. Rilke hatte schon Anfang Juni 1922 die große Freude, der Fürstin, Ende Juli Kippenbergs seine Dichtungen in Muzot vorlesen zu können: »dieser Trost für die Vergangenheit, dieser Jubel für die Gegenwart, diese unsägliche Hoffnung für die Zukunft«, so lautet es im Dank der Fürstin Taxis (an Rilke, 11.6.1922).

Erst aus dem Nachlaß wurde eine dritte Arbeit aus dem denkwürdigen Februar 1922 bekannt, zwischen der zehnten und der fünften »Elegie« entworfen, eine »Erinnerung in Verhaeren«, aus der dann der imaginäre »Brief des jungen Arbeiters« an Verhaeren hervorging, Rilkes letzte Prosaschrift.

Der Winter 1922/23 sah Rilke abermals in völliger Abgeschlossenheit einer größeren Arbeit verpflichtet, der Nachdichtung der mächtigen Gedichte und Oden Valérys aus dem im Juni 1922 erschienenen Bande »Charmes«, die er im März in einen Lederband sorgfältig einschrieb. Im Februar 1924 sandte er diese Handschrift an Valéry. Als letzte Buchpublikation eines Rilkeschen Werkes zu seinen Lebzeiten im Insel-Verlag erschienen seine Übertragungen: »Paul Valéry. Gedichte« im Herbst 1925.

Diese Arbeiten beschäftigten Rilke bis zuletzt; Juni 1926 beglückte ihn die ›rein und gesichert‹ gelungene Übersetzung der großen Narziß-Fragmente, im Oktober 1926 waren die beiden Dialoge »Eupalinos« und »L'Ame et la Danse« ins Deutsche übertragen. Die dritte dieser Prosa-Arbeiten »Tante Berthe«, schickte Rilke am 15. November 1926 als letztes Manuskript seinem Verleger, sie war bereits vom Bett aus, in »fähigeren Stunden diktiert« worden.

Rilkes Freunde, wie der Dichter selber, befürchteten nach den Anstrengungen besonders des Elegien-Winters einen ernsten gesundheitlichen Rückschlag, der auch nicht ausblieb und den alle Sanatoriumsaufenthalte in den kommenden Jahren, meist in Valmont sur Territet, oberhalb des Genfer Sees verbracht, nicht beheben konnten. Tiefe Erschöpfung vor allem, bedrohliche Schleimhaut-Anschwellungen, alles, was Rilke kurz sein ›malaise‹ nannte, deuteten auf schwere Erkrankung hin; sie könne unheilbar sein, besorgte er. Dennoch wirkte der Fünfzigjährige äußerlich überraschend jung und erlebte selber die »beglückende Erfahrung, jünger zu sein, fast jung im Gebrauch einer zweiten ›der französischen‹ Sprache, in der man bisher nur aufnehmend oder praktisch betätigt gewesen war und deren steigender Überfluß... einen nun, im Raume des namenlosen Lebens, zu tragen begann.« Seit Februar 1924 waren Rilke spontan in reicher Fülle Gedichte in französischer Sprache zugeströmt, die als »Vergers« zusammen mit der ›starken Walliser Stimme‹, den »Quatrains Valaisans« im Sommer 1926 in Paris erschienen. In Deutschland erregten die Dichtungen im Zusammenhang mit seinem langen Pariser Aufenthalt von Januar bis August 1925 als unpatriotisch Verdruß und Befremden; ›Sturm im Tintenfaß‹ nannte Rilke diese öffentlichen Anfeindungen.

Ihm hatte Paris, das er, in raschem Entschluß aus Valmont aufbrechend, nun als gefeierter Dichter betrat, eine feste Arbeit bereitgehalten: Maurice Betz, ein junger französischer Schriftsteller bemühte sich um die Übertragung der »Aufzeichnungen des Malte Laurids Brigge«.

Hatte Rilke die Fragebogen der Übersetzer des ›Malte‹ in das Dänische und Polnische mit großer zuvorkommender Gewissenhaftigkeit beantwortet, und beide, Frau Inga Junghanns und Witold Hulewicz brieflich und mündlich beraten, so trat er jetzt jeden Morgen voller Freude und Hilfsbereitschaft in Betz' Arbeitszimmer ein und gemeinsam wurde geprüft, gefeilt und erläutert. Von den Freunden sah Rilke Gide, Vildrac. Seltener als es beide wünschten, waren die

Gespräche mit Valéry, den seine Ernennung in die ›Académie‹ beanspruchte, aber unvergessen war bei Rilke Valérys kurzer Besuch in Muzot im April 1924 und ein köstlicher Abschiedstag am Genfer See, am 13.9.1926, lag noch vor ihm. ›Rilke schien so froh, so gesund‹, schrieb Valéry später trauernd. Bei Frau Klossowska, die mit beiden Söhnen wieder in Paris lebte, wurde die Auswahl der Gedichte für ›Vergers‹ besprochen, wurde ein kleiner Gedichtkreis vereinbart: ›Les Fenêtres«; zehn Gedichte Rilkes zu diesem Motiv begleiteten zehn Radierungen Baladines. Auch dieser kleine Band erschien erst nach Rilkes Tod.

Rilke brach den Aufenthalt in Paris so jäh ab, wie er ihn begonnen – keine Arbeit und keine Zerstreuung hatte den Kreis des Unheils, »ce cercle sans issu« durchbrechen können. Am 27. Oktober 1925 schrieb Rilke in Muzot sein Testament, bestimmte darin Stein und Grabspruch, stellte seinen dichterischen Nachlaß in die Obhut seiner Schweizer Freunde und erbat seine letzte Stätte auf dem hochgelegenen Kirchhof des nahen Raron. Am 4. Dezember verlebte er in der Einsamkeit von Muzot seinen 50. Geburtstag, eine spätere Berufung in die Akademie der Künste, Berlin, lehnte er dankend ab – Ehrungen und Auszeichnungen anderer Art wurden ihm nicht angetragen.

Die größte Freude bedeutete ihm das Heft »Reconnaissance à Rilke«, das ihm seine französischen Freunde widmeten; Valérys Beitrag stand an der Spitze – dankbar und tief beglückt hielt Rilke diese Nr. 23/24 der ›Cahiers du mois‹ im August 1926 in Händen.

Der Sommer 1926 schenkte Rilke gute, ermutigende Erholungswochen in Bad Ragaz, in dem auch die Fürstin Taxis sich zur Kur aufhielt, das ihn in nachbarliche Nähe zu seinen Züricher Freunden führte und in dem er in diesem Jahr – es war sein dritter Ragazbesuch – mit tiefer innerer Freude einige russische Bekanntschaften schließen konnte. Es folgten

sonnige, belebte Herbsttage mit Freunden in Lausanne am Genfer See, an dessen Gegenufer Valéry sich bei Thonon aufhielt. Mit einer kurz entschlossen engagierten russischen Sekretärin brach er nach Muzot auf, nahm voller Eifer seine Übertragung der Valéryschen Prosa-Dialoge auf, als hohes Fieber und unerträgliche Schmerzen ihn nach Valmont hinaufzwangen, dort hatte er schon vom Januar bis Juni des Jahres vergeblich Genesung erhofft. Am 30. November traf Rilke wieder ein, jetzt erkannte man seine Krankheit als Leukämie, der er am 29. Dezember erlag. Frau Wunderly-Volkart war als einzige von ihm an sein letztes Lager gerufen worden, noch am 13. Dezember richtete er an Lou Andreas-Salomé aus seinem »jetzigen grenzenlos schmerzhaften Zustand« fragende, bittende Worte: »Woher den Muth nehmen? ... es weht etwas Ungutes in diesem Jahresschluß, Bedrohliches.« Am 2. Januar 1927 wurde Rilke von treuen Freunden geleitet, auf dem Friedhof von Raron zu Grabe getragen.
Als im Herbst des Jahres die zwischen Verleger und Dichter noch besprochenen »Gesammelten Werke« in sechs Bänden erschienen – die Gedichte in französischer Sprache blieben ausgeschlossen –, enthielten sie nur einen winzigen Teil seines großen nachgelassenen Werkes. Die 1953 erstmals herausgebrachte ›Sammlung der verstreuten und nachgelassenen Gedichte aus den mittleren und späten Jahren‹, die »Gedichte 1906–1926« füllte dann einen Band von rund 700 Seiten.
»Ist's möglich«, hatte Rilke über Hölderlin geschrieben, staunend vor der Vielzahl bisher unbekannter Verse, der »Fragmente von einer Schönheit der Maße und der Bruchflächen« ...»ists möglich, daß dieses Alles, Unendliches ausgesagt, ausgefühlt, da ist – und wie leben die Menschen und können's doch nicht brauchen... Diese wohin, an wen, verschwendeten Dichter.«

Kindheit und Jugend

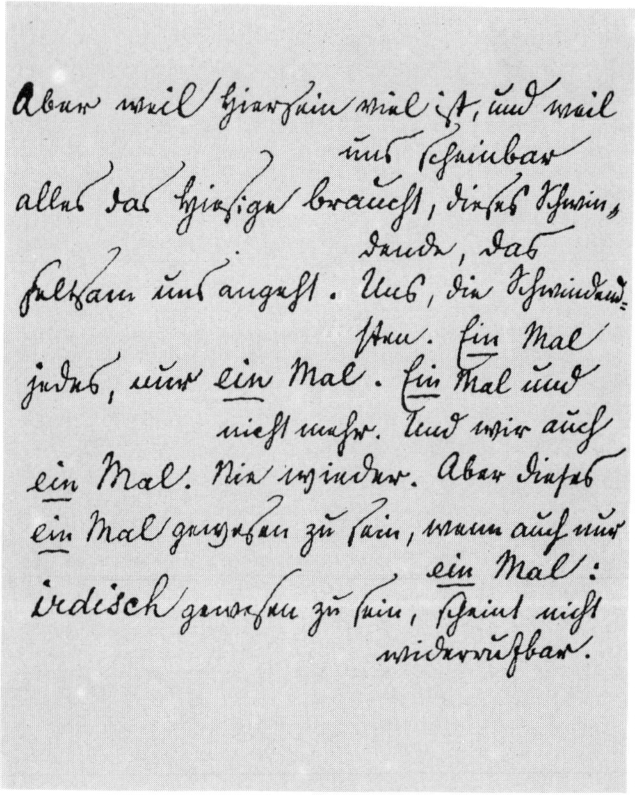

Aber weil Hiersein viel ist, und weil
uns scheinbar
alles das Hiesige braucht, dieses Schwin-
dende, das
seltsam uns angeht. Uns, die Schwindend-
sten. Ein Mal
jedes, nur ein Mal. Ein Mal und
nicht mehr. Und wir auch
ein Mal. Nie wieder. Aber dieses
ein Mal gewesen zu sein, wenn auch nur
ein Mal:
irdisch gewesen zu sein, scheint nicht
widerrufbar.

Aus der neunten »Duineser Elegie«, 1922.
Reinschrift für die Fürstin Taxis.

Rilkes Geburtsstadt Prag.
Der Kleinseitner Brückenturm.

Rilkes Großeltern Carl Entz, 1820–1895,
Direktionsrat der Böhmischen Sparkasse in Prag
und Caroline Entz, geb. Kinzelberger, 1828–1927.

Brautbild von Rilkes Eltern: Josef Rilke,
1838–1906 und Sophie (Phia) Entz, 1851–1931.

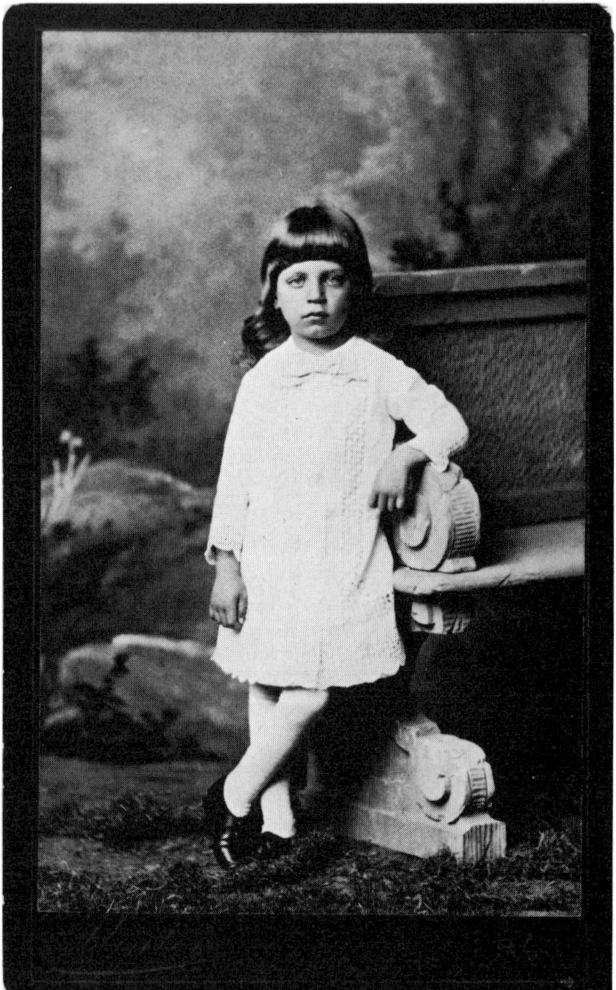

René Rilke 1880.

Der Piaristen-Schüler 1882.

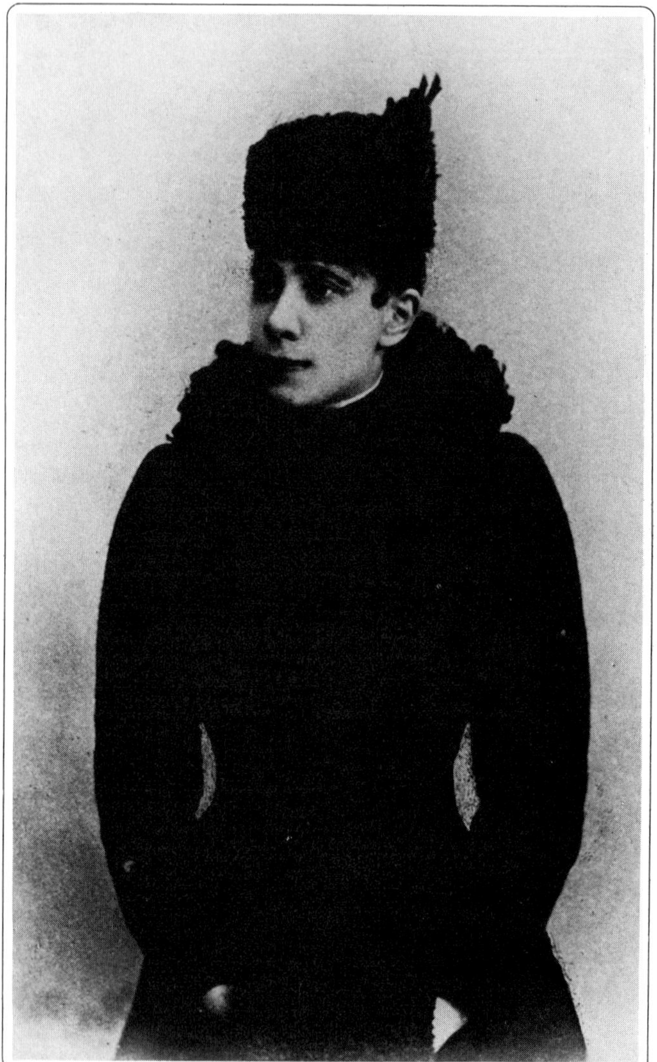

René mit seinem Vater, 1884.
Vor dem Eintritt in die Militärschule, um 1886.

Phia Rilke; 1900 ließ sie in Prag
ein Bändchen »Ephemeriden« erscheinen.

Der Zögling des ersten Jahrgangs in der Militär-unterrealschule in St. Pölten (u.). Als Kadett in St. Pölten (r.). Nach halbjährigem Besuch der Militätoberrealschule in Mährisch-Weißkirchen schied Rilke wegen ›dauernder Kränklichkeit‹ mit Erlaubnis des Vaters aus. Die verhaßte Militärerziehung wurde vorzeitig im April 1891 beendet.

Der Abiturient und junge Dichter in Prag:
R. trat seit 1893 mit Gedichten an die Öffentlichkeit
und erlangte im Juli 1895 die ›Maturität‹.

Jaroslav Rilke, Ritter von Rüliken, 1833–1892,
der älteste Bruder von Rilkes Vater –
das eigentliche Oberhaupt der Familie.

Valerie von David-Rhonfeld, 1874–1947, Rilkes künstlerisch begabte, hilfreiche Freundin, der er sein erstes Werkchen »Leben und Lieder« widmete. René Rilkes Brief an sie vom Vorabend seines 19. Geburtstages, dem 4. Dezember 1894, ist das wichtigste autobiographische Dokument dieser Jugendjahre. Von »Leben und Lieder« haben sich nur sieben Exemplare erhalten.

Leben und Lieder

Bilder und Tagebuchblätter

von

René Maria Rilke.

STRASSBURG i. E. und LEIPZIG
G. L. Kattentidt
Jung Deutschlands Verlag.

RENÉ MARIA RILKE.
LARENOPFER
PRAG.
Verlag von H. Dominicus (Th. Gruss).

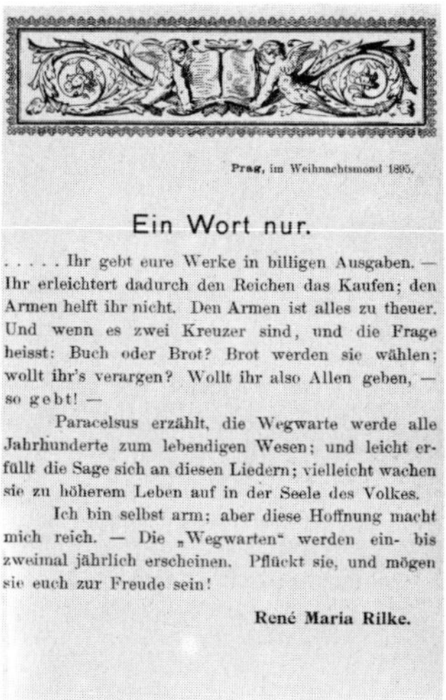

Prag, im Weihnachtsmond 1895.

Ein Wort nur.

. . . . . Ihr gebt eure Werke in billigen Ausgaben. — Ihr erleichtert dadurch den Reichen das Kaufen; den Armen helft ihr nicht. Den Armen ist alles zu theuer. Und wenn es zwei Kreuzer sind, und die Frage heisst: Buch oder Brot? Brot werden sie wählen; wollt ihr's verargen? Wollt ihr also Allen geben, — so gebt! —

Paracelsus erzählt, die Wegwarte werde alle Jahrhunderte zum lebendigen Wesen; und leicht erfüllt die Sage sich an diesen Liedern; vielleicht wachen sie zu höherem Leben auf in der Seele des Volkes.

Ich bin selbst arm; aber diese Hoffnung macht mich reich. — Die „Wegwarten" werden ein- bis zweimal jährlich erscheinen. Pflückt sie, und mögen sie euch zur Freude sein!

René Maria Rilke.

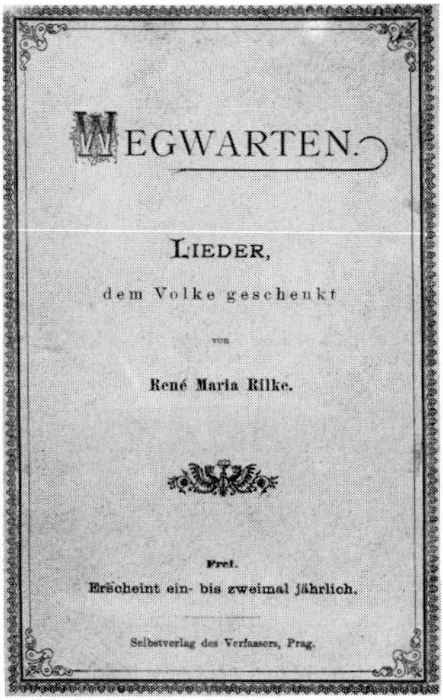

WEGWARTEN.

LIEDER,

dem Volke geschenkt

von

René Maria Rilke.

Frei.

Erscheint ein- bis zweimal jährlich.

Selbstverlag des Verfassers, Prag.

Im Selbstverlag brachte Rilke die drei Hefte seiner »Wegwarten« heraus (1896), die er an Volks- und Handwerkervereine und Krankenhäuser schenkte. Den ›Liedern‹ folgte im zweiten Heft ein ›modernes Drama‹.

Rilkes zweite Gedichtsammlung, 1895 erschienen, gilt Prag und der böhmischen Landschaft, dem tschechischen Volk und seinen Dichtern. Den Umschlag entwarf Valerie von David-Rhonfeld.

Als Gast einer Kusine verbrachte Rilke
Ende August 1896 kurze Ferien im Salzkammergut;
in jenen Jahren begleitete er seine Gedichtniederschriften
im Taschenbuch mit Skizzen.

Letzte Seite eines Briefes aus Prag vom 9. 1. 1896
an seinen Verleger Kattentidt in Straßburg,
dessen Kritik an seiner Prosaskizze »Ein Charakter«
Rilke zurückweist.

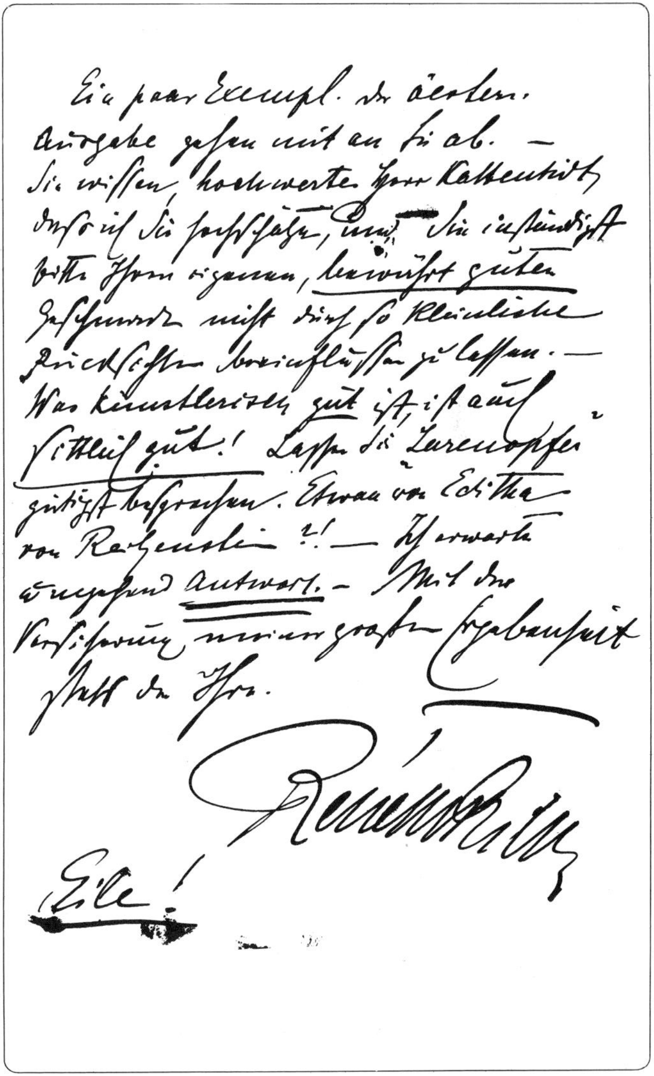

Ein paar Exempl. der ersten Ausgabe gehen mit an Sie ab. – Sie wissen, hochwerter Herr Kattentidt, daß ich Sie hochschätze, und Sie inständigst bitte Ihren eigenen, bewußt guten Geschmack nicht durch so kleinliche Rücksichten beeinflussen zu lassen. – Was künstlerisch gut ist, ist auch sittlich gut! Lassen Sie Larenopfer gütigst besprechen. Etwas von Editha von Rechenstein?! – Ich erwarte umgehend Antwort. – Mit der Versicherung meiner großen Ergebenheit stets der Ihre.

René Rilke

Eile!

Karikatur von Emil Orlik, 1896.

Selbstanzeige des zweiten »Wegwarten«-Heftes und dessen rückwärtige Umschlagseite (u.). Die Novellensammlung »Totentänze« ist nie erschienen.

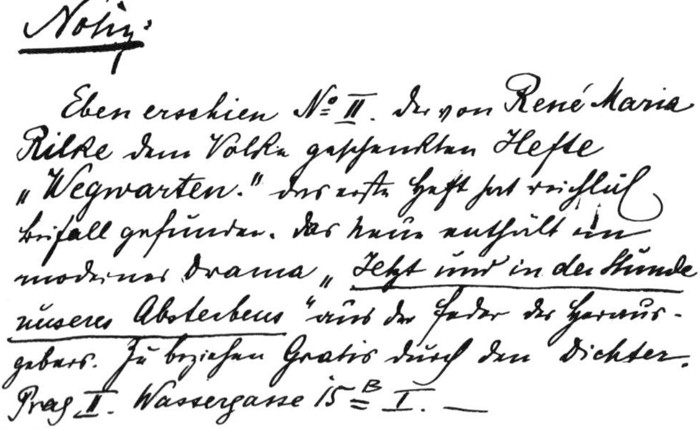

Notiz:

Eben erschien No II. der von René Maria Rilke dem Volke geschenkten Hefte „Wegwarten." Das erste Heft hat reichlich Beifall gefunden. Das neue enthält ein modernes Drama „Jetzt und in der Stunde unseres Absterbens" aus der Feder des Herausgebers. Zu beziehen gratis durch den Dichter. Prag II. Wassergasse 15 B I. —

Vom selben Autor:

Zu beziehen durch jede Buchhandlung.

„Leben und Lieder."

(Straßburg, 1894.)

„Larenopfer."

Gedichte. **(Prag, Dominicus, 1896.)** Preis —.75 kr.

Voll der Anerkennung urtheilten:

Theodor Fontane, Prinz Emil von Schönaich-Carolath, Konrad Telmann, Baronin H. von Preuschen, Heinrich von Reder, Ferdinand von Saar, Hofrath Prof. Dr. Eduard Albert, Wilhelm Arent, Richard Zoozmann, Dr. Alfred Friedmann, Paul Wilhelm, Bodo Wildberg etc., dann Jaroslav Vrchlicky, Julius Zeyer etc.

Presse: Dr. Alfred Klaar in der „Bohemia", „Politik", „Budapester Volksblatt", „Hygiea", „Deutsches Dichterheim", „Jung Deutschland", „Musik- und Theater-Rundschau", „Deutsche Rundschau" . . . etc.

Aus dem Briefe von Ferdinand von Saar:

„. . . . . so kann ich Ihnen zu dieser Publikation herzlich Glück wünschen . . . ."

In Vorbereitung:

„Totentänze." Zwielicht-Skizzen.

Albrecht Mendelssohn-Bartholdy und **Carl v. Arnswaldt** haben eine stimmungsduftige Gedichtsammlung:

„Schmetterlinge"

(Göttingen, Dieterich's Verlag) herausgegeben. — Zu beziehen durch jede Buchhandlung.

Preis: Geheftet M. **1.80**, gebunden M. **2.50.**

Rudolf Christof Jenny:

„Fünf Dekorierte."

Auch eine Erinnerung an den deutsch-französischen Krieg. — Epos mit 7 Bildern von Karl Krattner.

Bodo Wildberg:

Alpennovellen.

„Vornehmst eigenartige Schöpfungen modern-intimer Stimmungskunst."

Dresden, E. Pierson. — Preis 1 M., geb. 2 M.

Druck von Gebrüder Stiepel in Reichenberg.

Selbstbildnis des Malers Emil Orlik, 1870–1932.
Ihm widmete Rilke die Studie »Ein Prager Künstler«
von 1899.

August Sauer, 1855–1926. Professor für deutsche Literaturgeschichte in Prag, Rilkes Lehrer und tatkräftiger Förderer. Radierung von Emil Orlik.

An der Universität in Prag:
gotischer Erker am Carolinum.

Studienjahre

Die vor uns und — wir.

„Licht übers Land —
Das ist's, was wir gewollt."
1884. Jens Peter Jacobsen.

Die vor uns liebten das Grollen
Der Stürme in schauernden Schluchten,
Der Berge gigantisches Wuchten,
Des Wildbachs flutende Fluchten
Und das stöhnende Sterben der **tollen**
Wogen in bangen Buchten.

Anders ist, was wir wollen:

Weit in die Lande schauen
Bis an den Himmelssaum,
Einer Blonden vertrauen
Einen lieben Traum,
Lichte Wege erkiesen
Durch den dämmernden Hain
Und in wartenden Wiesen
Wie in der Heimat sein.
Immer leiser werden
Und immer weiter geh'n,
Und des Gartens Gebärden
Und seine Stille versteh'n.

Rainer Maria Rilke.

Im Herbst 1896 setzte Rilke sein literatur- und kunstgeschichtliches Studium in München fort.
Hier bemühte er sich um den Zutritt in literarische Salons, wo er den Musiker Oskar Fried kennenlernte, und schloß Freundschaft mit Wilhelm von Scholz.
Karikatur von Emil Orlik.

Aus dem ersten Heft der Zeitschrift »Das Narrenschiff«, Berlin 1898.

Detlev von Liliencron, 1844–1909, und Richard Dehmel (r.), 1863–1920. Mit den bewunderten älteren ›Kollegen‹ stand der junge Rilke in brieflicher Beziehung. Am 14. Januar 1897 hielt er in Prag einen Liliencron-Vortrag, seine dortige Vorlesung über »Moderne Lyrik« stützte er wesentlich auf Dehmels Gedichte (5. 3. 98).

Lou Andreas-Salomé, 1861–1937, in Petersburg
als Tochter eines russischen Generals geboren,
Schülerin und Freundin Nietzsches, hatte früh eigenen
literarischen Ruhm begründet. 1887 heiratete sie
den bedeutenden Iranisten Friedrich Carl Andreas
und wandte sich seit 1912 als Schülerin Sigmund Freuds
der Psychoanalyse zu. Für Rilke wurde sie vom
Augenblick der Begegnung im Mai 1897 an der
für sein Leben wichtigste Mensch.

Wolfratshausen: Der Münchner Architekt August Endell, der russische Literat Akim L'vovič Volynskij (Flekser), die Afrikareisende Frieda von Bülow, Rilke und Lou Andreas-Salomé.

Auf dem Balkon des Sommerhauses in Wolfratshausen
bei München: Professor Andreas, August Endell,
Rilke und Lou Andreas-Salomé, August 1897;
im Oktober übersiedelte Rilke nach Berlin.

Die Arnobrücke in Florenz mit dem Palazzo Vecchio.
Im April 1898 schrieb Rilke das »Florenzer Tagebuch«.

Arco am Gardasee. Von 1897 bis zu seiner Heirat 1901
besuchte Rilke im Frühling hier seine Mutter.

Stefan George, 1868–1933. Zeichnung von Melchior Lechter.
Rilke begegnete ihm 1897 im Hause Lepsius in Berlin
und 1898 in Florenz. Zur Mitarbeit an den
»Blättern für die Kunst« forderte George ihn nicht auf.

Der Philosoph Georg Simmel, 1858–1918, lehrte
an der Berliner Universität, an der Rilke
von 1897 bis 1900 sein Studium fortsetzte.

Simmel
J. C. SCHAARWÄCHTER
KÖNIGL. HOF-PHOTOGRAPH.
BERLIN, W.
LEIPZIGER-STR. 130.
Georg Simmel
21. VII. 1907.

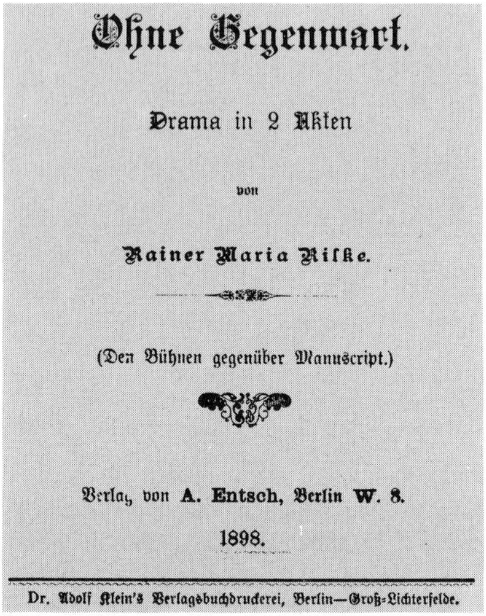

Ohne Gegenwart.

Drama in 2 Akten

von

Rainer Maria Rilke.

(Den Bühnen gegenüber Manuscript.)

Verlag von A. Entsch, Berlin W. 8.

1898.

Dr. Adolf Klein's Verlagsbuchdruckerei, Berlin—Groß-Lichterfelde.

MIR ZUR FEIER.

Gedichte von Rainer
Maria Rilke.
Verlegt bei Georg Hein-
rich Meyer Berlin.

»Ohne Gegenwart«, der fünfte dramatische Versuch Rilkes, blieb unaufgeführt. »Mir zur Feier«, mit Buchschmuck von Heinrich Vogeler, erschien zu Weihnachten 1899. Gemeinsam mit der Szene »Die weiße Fürstin« wurde das Werk als »Die frühen Gedichte« 1909 im Insel-Verlag neu herausgebracht.
Dr. Friedrich Carl Andreas, 1846–1930, seit 1903 Ordinarius für Iranistik in Göttingen, wo Rilke seit 1905 mehrfach zu Gast war.

Moskau: Der Kreml. Das Ostergeläut
der machtvollen Glocken blieb Rilke unvergeßlich.

Leo N. Tolstoi, 1828–1910. Gemälde von Ilja Repin.
Ostern 1899 besuchte Rilke gemeinsam mit dem
Ehepaar Andreas den Dichter in Moskau, empfohlen
von Leonid Pasternak.

Tolstois Gut Jasnaja Poljana, wo Rilke und
Lou Andreas-Salomé den Dichter am 1. Juni 1900 wiedersahen.
St. Petersburg: Rilkes Lieblingsblick über die Newa.

Rilke in Moskau. Bleistiftskizze von Leonid Pasternak, die ersichtlich als Vorlage zu dessen erst nach Rilkes Tod gemaltem Porträt diente.

Selbstbildnis Leonid Pasternaks, 1862–1945.
Er war Lehrer an der Moskauer Kunstschule.

Boris Pasternak, 1890–1960, Bleistiftzeichnung seines Vaters von 1914. Sein »Geleitbrief« ist Rilke gewidmet.

Mosaik der Sophien-Kathedrale in Kiew, die Rilke im Juni 1900 besuchte, und Reliquienkästchen (14. Jahrhundert) aus Rilkes Besitz.
Anton Tschechow, 1860–1904. Rilke übersetzte sein Drama »Die Möwe« und bemühte sich um »Onkel Wanja«.

Kiew: Eingang in eine der zweiunddreißig Kirchen, die sich über den unterirdischen Klöstern erheben (umseitig l.).
Jaroslâwl an der oberen Wolga (umseitig r.).

Auf der Wolga reiste Rilke von Saratow bis nach Jarosláwl mit dem Dampfer (25. Juni bis 2. Juli).

Rilke und Lou Andreas-Salomé mit dem Bauerndichter Spiridon Drožžin auf dem Gut Nowinki als Gäste des Grafen Nicolai Alexéj Tolstoi und Rilke mit Drožžin, 1848–1930, in Nisowka an der oberen Wolga, Juli 1900.

Rilke am 18. September 1900 nach der Rückkehr aus Rußland. Der Anfang von Rilkes Übertragung des altrussischen »Igor-Lieds«, begonnen 1902 in Paris, vollendet 1904 in Rom (umseitig).

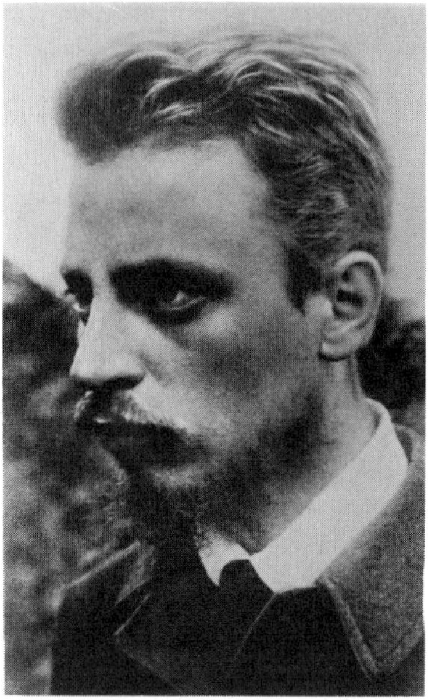

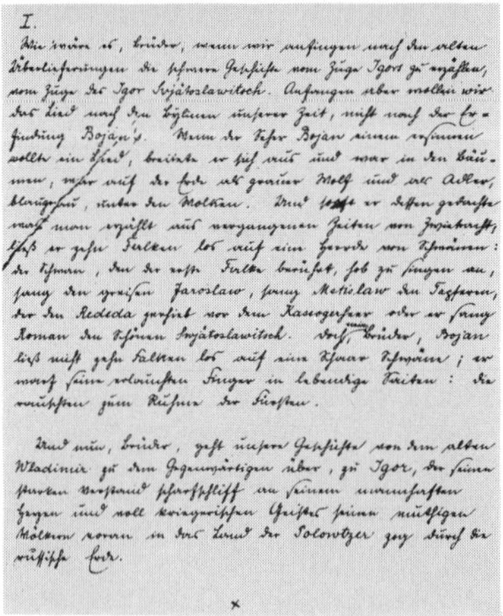

I.

Wie wäre es, brüder, wenn wir anfingen nach den alten Überlieferungen die schwere Geschichte vom Zuge Igors zu erzählen, vom Zuge des Igor Swjätoslawitsch. Anfangen aber wollen wir das Lied nach den bylinen unserer Zeit, nicht nach der Erfindung Bojan's. Wenn der Seher Bojan einem rühmen wollte ein Lied, breitete er sich aus und war in den Bäumen, war auf der Erde als grauer Wolf und als Adler, blaugrau, unter den Wolken. Und ~~[illegible]~~ er dessen gedachte was man erzählt aus vergangenen Zeiten von Zwietracht, ließ er zehn Falken los auf eine Herde von Schwänen: der Schwan, den der erste Falke berührt, hob zu singen an, sang den greisen Jaroslaw, sang Mstislaw den Tapferen, der den Rededa zerhieb vor dem Kasogenheer oder er sang Roman den Schönen Swjätoslawitsch. Doch, meine brüder, Bojan ließ nicht zehn Falken los auf eine Schaar Schwäne; er warf seine erlauchten Finger in lebendige Saiten: die rauschten zum Ruhme der Fürsten.

Und nun, brüder, geht unsere Geschichte von dem alten Wladimir zu dem Gegenwärtigen über, zu Igor, der seinen starken Verstand scharfschliff an seinem unerschrockenen Herzen und voll kriegerischen Geistes seine muthigen Völker voran in das Land der Polowtzer zog durch die russische Erde.

×

Worpswede-Westerwede

›Sommerabend auf dem Barkenhoff‹,
Gemälde von Heinrich Vogeler. Paula Becker (l.),
ihr gegenüber Clara Westhoff, dazwischen
Otto Modersohn,
in der Mitte Martha Vogeler.
Franz und Heinrich Vogeler (r.)

Heinrich Vogeler, 1872–1942, dem der Barkenhoff in Worpswede gehörte, auf dem Rilke zu Gast war. Die Malerin Paula Becker, 1876–1908 (l.) und die Bildhauerin Clara Westhoff, 1878–1954. Briefgedicht an Heinrich Vogeler aus Berlin, Schlußblatt der Handschrift: »In und nach Worpswede. Verse für meinen lieben Heinrich Vogeler« 1900.

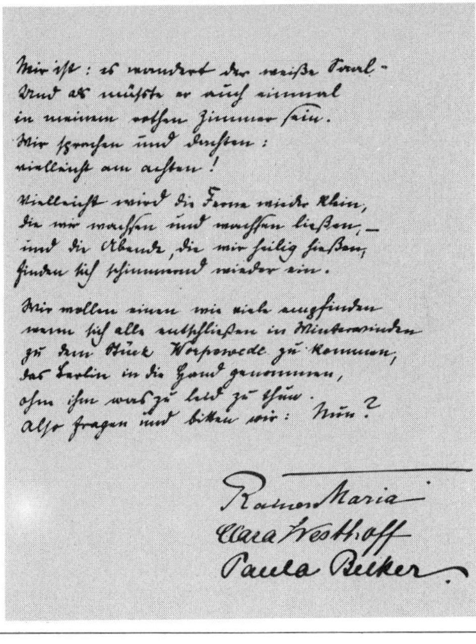

Mir ist: es wandert der weiße Saal-
Stand als müßte er auch einmal
in meinem rothen Zimmer sein.
Wir sprachen und dachten:
vielleicht am achten!

Vielleicht wird die Ferne wieder klein,
die wir wachsen und wachsen ließen, —
und die Abende, die wir heilig hießen,
finden sich schimmernd wieder ein.

Wir wollen einen wie viele ausfinden
wenn sich alle entschließen in Winterwinden
zu dem Stück Worpswede zu kommen,
das Berlin in die Hand genommen,
ohne ihm was zu leid zu thun.
Also fragen und bitten wir: Nun?

Rainer Maria
Clara Westhoff
Paula Becker

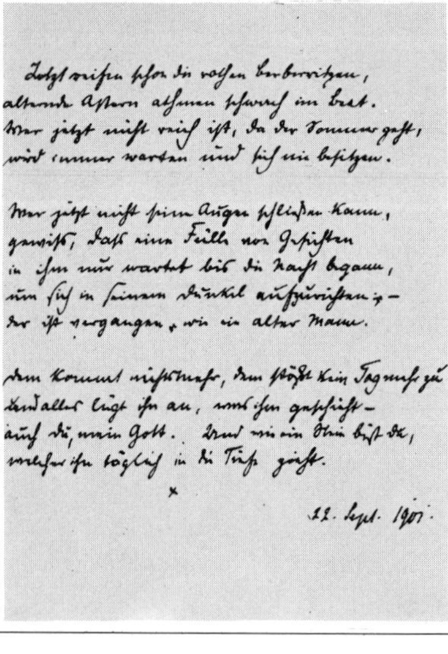

Jetzt reifen schon die roten Berberitzen,
alternde Astern atmen schwach im Beet.
Wer jetzt nicht reich ist, da der Sommer geht,
wird immer warten und sich nie besitzen.

Wer jetzt nicht seine Augen schließen kann,
gewiß, daß eine Fülle von Gesichten
in ihm nur wartet bis die Nacht begann,
um sich in seinem Dunkel aufzurichten: —
der ist vergangen, wie ein alter Mann.

Dem kommt nichts mehr, dem stößt kein Tag mehr zu
und alles lügt ihn an, was ihm geschieht —
auch du, mein Gott. Und wie ein Stein bist du,
welcher ihn täglich in die Tiefe zieht.

22. Sept. 1901.

Das unvollendet gebliebene Rilke-Bildnis
von Paula Modersohn-Becker, Paris Frühjahr 1906.

Rainer Maria und Clara Rilke, geb. Westhoff, nach ihrer Heirat 1901 in Westerwede. Hier entstand im Herbst der zweite Teil des »Stunden-Buchs«: »Von der Pilgerschaft«.

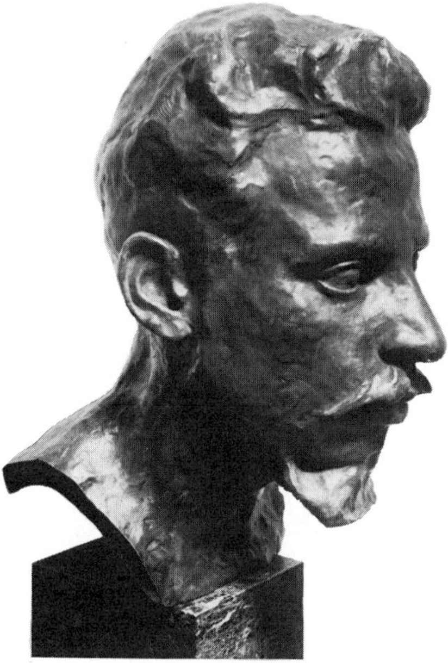

Rilke 1901. Büste von Clara Rilke-Westhoff.

Clara Rilke mit der kleinen Tochter Ruth, 1901–1972.
Als einzigem Kind ihrer Eltern fiel ihr später
die Aufgabe zu, den Nachlaß ihres Vaters
im Rilke-Archiv zu betreuen.

Maurice Maeterlinck, 1862–1949, Zeichnung von Max Svabinsky. Von Maeterlincks Dramen erhoffte Rilke die Erneuerung des Theaters; im Februar 1902 inszenierte er in Bremen ›Schwester Beatrix‹.

Gerhart Hauptmann, 1862–1946. Rilke lernte ihn in Berlin kennen. Unvergeßlich blieb ihm die Generalprobe zu »Michael Kramer«, deren Zeuge er am 19. 12. 1900 war. Zum Dank widmete er ihm 1902 ›Das Buch der Bilder‹.

RAINER MARIA RILKE
DAS BUCH DER BILDER

VERLAG VON AXEL JUNCKER IN BERLIN

Rilke 1902 nach dem Erscheinen seiner Monographie »Worpswede« und des »Buchs der Bilder«, mit dem er die Epoche jugendlichen Schaffens hinter sich ließ.

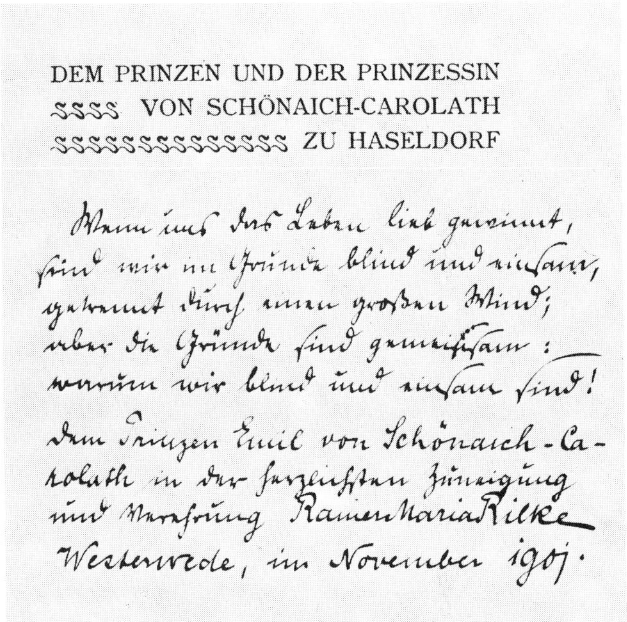

DEM PRINZEN UND DER PRINZESSIN
VON SCHÖNAICH-CAROLATH
ZU HASELDORF

Wenn auch das Leben lind gerinnt,
sind wir im Grunde blind und einsam,
getrennt durch einen großen Wind;
aber die Gründe sind gemeinsam:
warum wir blind und einsam sind!

Dem Prinzen Emil von Schönaich-Carolath in der herzlichsten Zuneigung und Verehrung Rainer Maria Rilke
Westerwede, im November 1901.

Widmungsblatt der Novellensammlung »Die Letzten«, die 1902 bei Axel Juncker in Berlin erschien. Mit diesem Band endete Rilkes Arbeit als ›Novellist‹.

Schloß Haseldorf in Holstein. Hier las Rilke
im Sommer 1902 die Korrekturen zum »Buch der Bilder«
und kam in der Familienbibliothek wie im Archiv
über Briefschaften und Aufzeichnungen in mannigfache
Berührung mit der dänisch geprägten Vergangenheit,
der späteren Umwelt seines imaginären jungen Dänen
Malte Laurids Brigge.

Wanderjahre
und neue Freunde

Der Bildhauer Auguste Rodin, 1840–1917. Der Auftrag, über Rodin eine Monographie zu schreiben, führte Rilke zum 1. September 1902 nach Auflösung des Westerweder Haushalts nach Paris. Clara Rilke war vor ihrer Heirat Schülerin Rodins gewesen.

Paris: Die Kathedrale Notre-Dame.

Nike von Samothrake, um 190 v. Chr., aus dem Louvre.
Rilke ruft sie im »Requiem« für
Paula Modersohn-Becker herauf (1908).
Lesesaal der Bibliothèque Nationale, den Rilke
während seiner Pariser Jahre regelmäßig aufsuchte.
Dort steht im Medaillenkabinett der antike Bronze-Tiger, von
dem Rodin sich einen Abguß hatte fertigen lassen.

Das griechische Orpheus-Relief in römischer Kopie.
Rilke bewunderte es im Louvre (1902/03) und
im Museo Nazionale in Neapel.

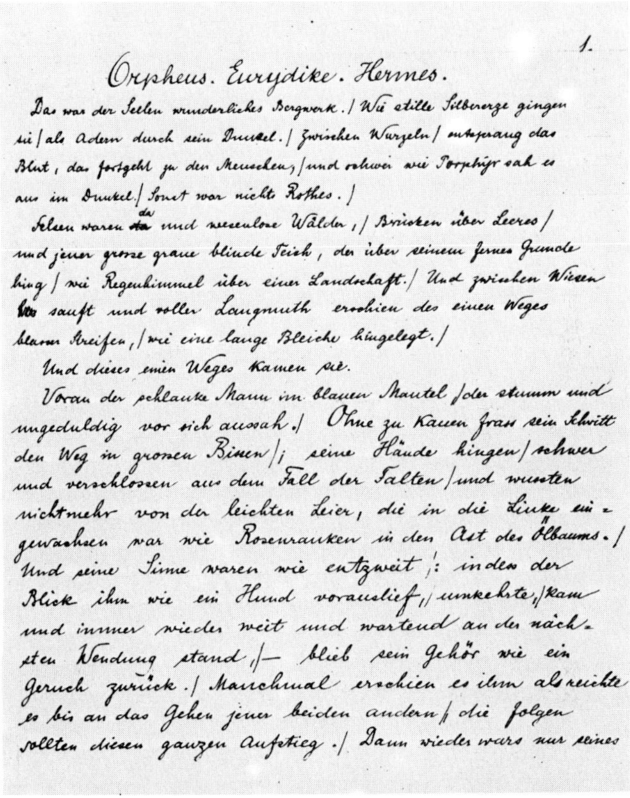

1.

Orpheus. Eurydike. Hermes.

Das war der Seelen wunderliches Bergwerk. / Wie stille Silbererze gingen sie / als Adern durch sein Dunkel. / Zwischen Wurzeln / entsprang das Blut, das fortgeht zu den Menschen, / und schwer wie Porphyr sah es aus im Dunkel. / Sonst war nichts Rothes. /

Felsen waren ~~da~~ da und wesenlose Wälder, / Brücken über Leeres / und jener grosse graue blinde Teich, der über seinem fernen Grunde hing / wie Regenhimmel über einer Landschaft. / Und zwischen Wiesen sanft und voller Langmuth erschien des einen Weges blassen Streifen, / wie eine lange Bleiche hingelegt. /

Und dieses einen Weges kamen sie.

Voran der schlanke Mann im blauen Mantel / der stumm und ungeduldig vor sich aussah. / Ohne zu kauen frass sein Schritt den Weg in grossen Bissen /; seine Hände hingen / schwer und verschlossen aus dem Fall der Falten / und wussten nichtmehr von der leichten Leier, die in die Linke eingewachsen war wie Rosenranken in den Ast des Ölbaums. / Und seine Sinne waren wie entzweit /: indem der Blick ihm wie ein Hund vorauslief, / umkehrte, / kam und immer wieder weit und wartend an der nächsten Wendung stand, / — blieb sein Gehör wie ein Geruch zurück. / Manchmal erschien es ihm als reichte es bis an das Gehen jener beiden andern / die folgen sollten diesen ganzen Aufstieg. / Dann wieder wars nur seines

Das Gedicht entstand 1904 in Rom, die endgültige Fassung im Herbst des Jahres in Schweden.
Erstdruck im November 1905 in der »Neuen Rundschau«.

Rilke und seine Frau in Rom, Februar 1904.

Die Via Appia: »der grade Gräberweg« und das Studio Rilkes im Park der Villa Strohl-Fern.

Das erste Buch Rilkes, das der Insel-Verlag herausbrachte, gewann diesem Ellen Keys fördernde Zuwendung.

Jens Peter Jacobsen, 1847–1885.
Ellen Key, 1849–1926.

Kopenhagen: Alte Börse, 1619–1640 von
König Christian IV. erbaut, rechts Schloß Christiansborg,
jetzt Sitz des Reichstags.

Der Rathausplatz in Kopenhagen, an dem Rilke wohnte: »ja, es ist Jacobsens Stadt«. Rilke hat das Werk Jacobsens lebenslang bewundert.

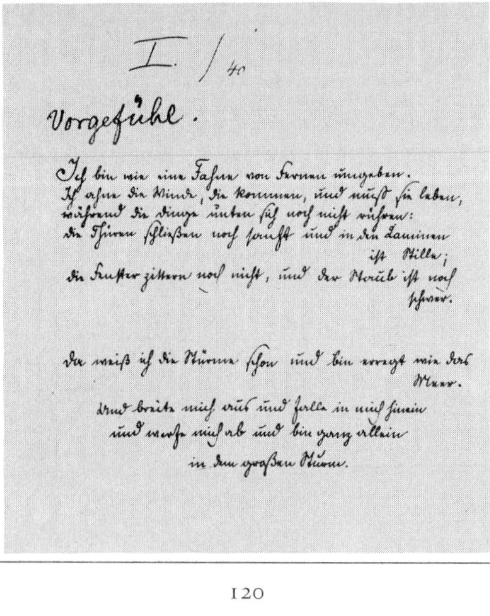

I. / 40

Vorgefühle.

Ich bin wie eine Fahne von Fernen umgeben.
Ich ahne die Winde, die kommen, und muss sie leben,
während die Dinge unten sich noch nicht rühren:
die Thüren schließen noch sanft und in den Kaminen
ist Stille;
die Fenster zittern noch nicht, und der Staub ist noch
schwer.

Da weiß ich die Stürme schon und bin erregt wie das
Meer.
Und breite mich aus und falle in mich hinein
und werfe mich ab und bin ganz allein
in dem großen Sturm.

Ernst Norlind, 1877–1952. Rilkes Freund und gemeinsam mit Hanna Larsson sein Gastgeber in Borgeby gård. Hier in seinem Atelier in V.-Alstad in Schonen.

Rilkes Gastgeber in Furuborg, der Zivilingenieur John James Gibson, 1858–1932, Förderer der Samskola in Göteborg. Das Gedicht »Vorgefühl« entstand im Herbst 1904 in Furuborg, Rilke nahm es in die zweite Ausgabe des »Buchs der Bilder« von 1906 auf.

Der norwegische Dichter Sigbjørn Obstfelder, 1866–1900.
Rilke schätzte sein Buch »Aus dem Tagebuch eines Priesters«
und nannte ihn einmal den Doppelgänger
seines Malte Laurids Brigge.

Rilke im Frühjahr 1905 im Sanatorium »Weißer Hirsch«
bei Dresden. Zeichnung von Anna Schewitz-Hellmann aus Riga.

Gräfin Luise Schwerin, geb. Freiin von Nordeck zur Rabenau, 1849–1906, mit ihrer Tochter Gudrun, 1878–1969, und deren Mann, der Philosoph und Naturforscher Jacob von Uexküll, 1864–1944. Gräfin Schwerin lernte Rilkes 1905 im »Weißen Hirsch« kennen und lud sie für den Sommer zu sich nach Friedelhausen ein.

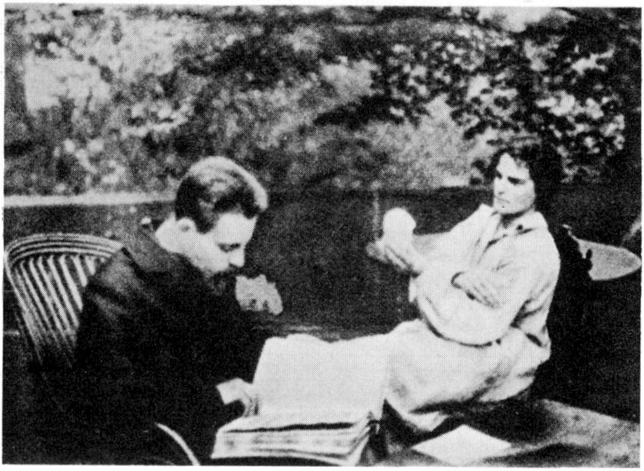

Die vollendete Büste.

Schloß Friedelhausen bei Gießen. Rilke war hier im August 1905 und im September 1906 zu Gast. Clara Rilke modelliert auf der Terrasse von Friedelhausen ihren Mann.

Das Stunden-Buch
enthaltend die drei Bücher:

Vom mœnchischen Leben /
Von der Pilgerschaft /
Von der Armuth
und vom Tode

Rainer Maria Rilke

Der Bankier Karl von der Heydt, 1858–1922, Rilkes gütiger Förderer. Seine Besprechung des »Stunden-Buchs« in den »Preußischen Jahrbüchern« wirkte bahnbrechend (l.). Rilke war mit Frau und Tochter 1906 bei ihm auf der Wacholderhöhe über Godesberg zu Gast.

Auguste Rodin und die Schauspielerin Eleonora Duse
im Garten von Meudon bei den Marmorvorräten.

Bei der Aufstellung des »Denkers« von Rodin
vor dem Panthéon in Paris im Frühjahr 1906 war Rilke
zusammen mit Aristide Maillol, der Frau Bernard Shaws
und Paula Modersohn-Becker zugegen.

Meudon: Rodins Villa des Brillants mit Ateliergebäude. Im Atelier die Entwürfe zu den Denkmälern der großen französischen Romanciers Victor Hugo und Honoré de Balzac (Mitte). Bei den Sitzungen für die Büste von Bernard Shaw, 1856–1950, war Rilke anwesend.

Brügge:
Rosenkranzreye (Quai du Rosaire) und Belfried.

Der im 13. Jahrhundert gegründete Beginenhof
am Minnewater mit dem Turm von Notre-Dame.

Rainer Maria und Clara Rilke im Sommer 1906, in dem sie gemeinsam mit Ruth nach Flandern reisten. Der dichterische Ertrag dieser Reise ging in die »Neuen Gedichte« ein. »Quai du Rosaire« entstand am 18./19. Juli 1907 in Paris.

Aus der Handschrift für Richard von Kühlmann 1919.

Quai du Rosaire
(Brügge)

die Gassen haben einen sachten Gang
(wie manchmal Menschen gehen im Genesen
nachdenkend: was ist früher hier gewesen?)
und die an Plätze kommen, warten lang

auf eine andre, die mit einem Schritt
über das abendklare Wasser tritt,
darin, je mehr sich rings die Dinge mildern,
die eingehängte Welt von Spiegelbildern
so wirklich wird, wie diese Dinge nie.

Verging nicht diese Stadt? Nun siehst du, wie
(nach einem unbegreiflichen Gesetz)
sie wach und deutlich wird im Umgestellten,
als wäre dort das Leben nicht so selten;

dort hängen jetzt die Gärten groß und gelten,
dort dreht sich plötzlich hinter schnell erhellten
Fenstern der Tanz in den Estaminets.

Und oben blieb? – – die Stille nur, ich glaube,
und kostet langsam und von nichts gedrängt
Beere um Beere aus der süßen Traube
des Glockenspiels, das in den Himmeln hängt.

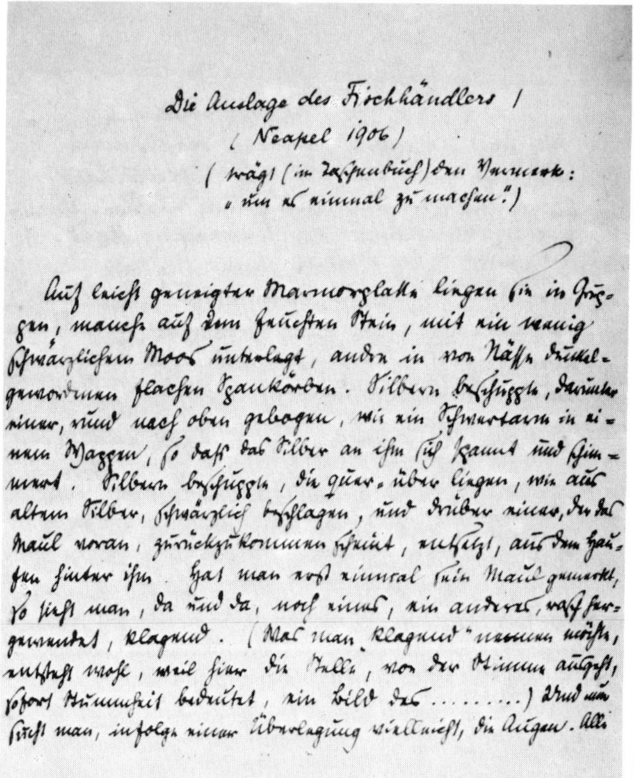

Die Auslage des Fischhändlers /
(Neapel 1906)
(trägt (im Taschenbuch) den Vermerk:
„nur so einmal zu machen.")

Auf leicht geneigter Marmorplatte liegen sie in Gruppen, manche auf dem feuchten Stein, mit ein wenig schwärzlichem Moos unterlegt, andre in von Nässe dunkelgewordenen flachen Spankörben. Silbern beschuppte, darunter einer, rund nach oben gebogen, wie ein Schwertarm in einem Wappen, so dass das Silber an ihm sich spannt und schimmert. Silbern beschuppte, die quer über liegen, wie aus altem Silber, schwärzlich beschlagen, und drüber einer, der das Maul voran, zurückzukommen scheint, entsetzt, aus dem Haufen hinter ihm. Hat man erst einmal sein Maul gemerkt, so sieht man, da und da, noch eines, ein anderes, rasch hergewendet, klagend. (Was man „klagend" nennen möchte, entsteht wohl, weil hier die Stelle, von der Stimme ausgeht, sofort Stummheit bedeutet, ein Bild des ....) Und nun sieht man, infolge einer Überlegung vielleicht, die Augen. Alle

Abschrift aus einem der durch Gide
in Paris für Rilke geretteten Taschenbücher
aus dem Jahr 1925.

Während seines Aufenthaltes auf Capri
besuchte Rilke mehrfach Neapel:
»Ein Tisch mit Fischen war ungeheuer«. (5.2.1907)

Die alte Griechentreppe und das Haus der Sirenen:
»Es kann keine Landschaft griechischer sein,
kein Meer von antiken Weiten erfüllter«,
empfand Rilke.

Auf Einladung von Frau Alice Faehndrich bewohnte Rilke
im Winter 1906/07 und im Frühjahr 1908
das ›Rosenhäusl‹ im Garten ihrer Villa Discopoli
auf Capri.

Rilke und Maxim Gorki, 1868–1936,
den er in Capri besuchte.
Die Faraglioni vor Capri.
Alice Faehndrich, 1857–1908, mit deren Hilfe Rilke
die Sonette der Elizabeth Barrett-Browning
übersetzte.

Das »Lied vom Meer« trug Rilke ins Gästebuch
der Discopoli ein (Januar 1907) und nahm es
in die »Neuen Gedichte« II auf (umseitig).
Capri: Die Certosa (umseitig).

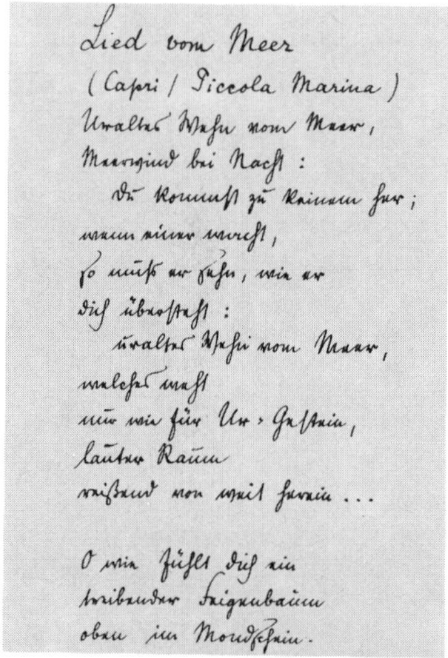

Lied vom Meer
(Capri / Piccola Marina)

Uraltes Wehn vom Meer,
Meerwind bei Nacht:
du kommst zu keinem her;
wenn einer wacht,
so muß er sehn, wie er
dich übersteht:
uraltes Wehn vom Meer,
welches weht
nur wie für Ur-Gestein,
lauter Raum
reißend von weit herein ...

O wie fühlt dich ein
treibender Feigenbaum
oben im Mondschein.

Meisterjahre
und die großen Reisen

Das Hôtel Biron mit dem Invalidendom im Hintergrund, heute Musée Rodin. Rilke gehörte in der Zeit vom 1.9.1908 bis Ende Dezember 1911 neben Rodin zu den Mietern, daran erinnert seit dem November 1976 eine Marmortafel.

Rilke in seinem Arbeitszimmer im Hôtel Biron in der Rue de Varenne, wo er »Die Aufzeichnungen des Malte Laurids Brigge« niederschrieb.

Rilke an dem von Rodin geliehenen Schreibtisch im Hôtel Biron. Die Manuskriptseite aus dem »Malte« handelt von den großen Wandteppichen mit der Dame à la Licorne.

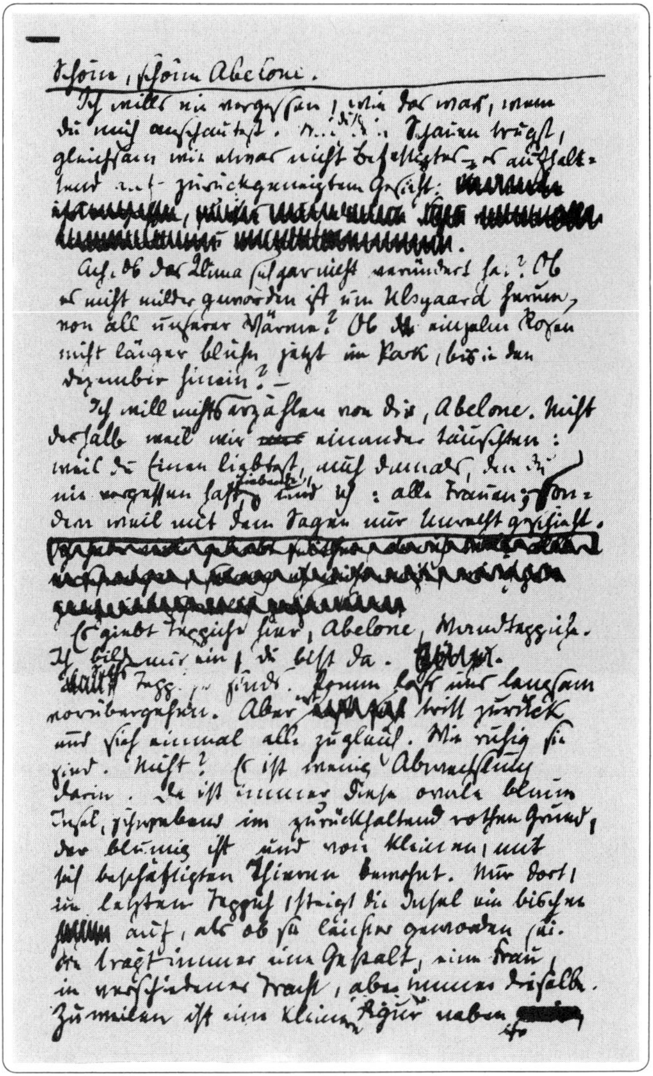

Schöne, schöne Abelone.

Ich will nie vergessen, wie das war, wenn du mich anschautest. Wie du die Haare trugst, gleichsam mit etwas nicht Befestigtem, zu Aufhaltendem auf zurückgeneigtem Gesicht. ~~[illegible]~~.

Ach, ob das Klima sich gar nicht verändert hat? Ob es nicht milder geworden ist um Ulsgaard herum, von all unseren Wärmen? Ob die einzelnen Rosen nicht länger blühen jetzt im Park, bis in den Dezember hinein? –

Ich will nichts erzählen von dir, Abelone. Nicht deshalb weil wir ~~[illegible]~~ einander täuschten: weil du Einen liebtest, auch damals, den du nie vergessen hast, Liebende, und ich: alle Frauen; sondern weil mit dem Sagen nur Unrecht geschieht. ~~[illegible]~~

Es giebt Teppiche hier, Abelone, Wandteppiche. Ich bilde mir ein, du bist da. ~~[illegible]~~. ~~[illegible]~~ Teppiche sind. Komm, laß uns langsam vorübergehen. Aber erst ~~[illegible]~~ tritt zurück und sieh sie einmal alle zugleich. Wie ruhig sie sind. Nicht? Es ist wenig Abwechslung darin. Da ist immer diese ovale blaue Insel, schwebend im zurückhaltend rothen Grund, der blumig ist und von kleinen, mit sich beschäftigten Thieren bewohnt. Nur dort, im letzten Teppich, steigt die Insel ein bißchen ~~[illegible]~~ auf, als ob sie leichter geworden sei. Sie trägt immer eine Gestalt, eine Frau, in verschiedener Tracht, aber immer dieselbe. Zuweilen ist eine kleinere Figur neben ~~[illegible]~~ ihr

Provence: Les Saintes Maries de la Mer,
»die Kirchenburg«.

Der römische Triumphbogen in Orange fand Aufnahme in den »Malte«.

Les Baux. In den Hugenottenkriegen verödeten
Burg und Stadt; Rilke schilderte seinen Besuch von Ende
Mai 1909 an Lou Andreas-Salomé,
deren Vorfahren er unter den dort Vertriebenen
zu finden glaubte.

Orange: Das antike Theater.

Marthe Hennebert, geb. 1894, seit 1923 Gattin des Malers Jean Lurçat, von dem sie später geschieden wurde. Rilke hatte 1911 in Paris die junge Arbeiterin in äußerster Dürftigkeit gefunden, es gelang ihm, ihr mit Hilfe wohlhabender Freunde eine Ausbildung und Zukunft zu schaffen.

Der Bildhauer Aristide Maillol, 1861–1944. Rilke besuchte ihn in seinem Atelier in Marly einmal auch mit Kippenbergs zusammen.

Avignon. Im Herbst 1909 war Rilke wieder in der Provence.

1910 lernte Rilke in Leipzig seinen Verleger
Anton Kippenberg, 1874–1950, und dessen Gattin Katharina,
geb. von Düring, 1876–1947, persönlich kennen (o.).
Die Weimarer Freunde: Helene von Nostitz, 1876–1944, und
Graf Harry Kessler, 1868–1937, Mäzen und Diplomat (r.o.).
Darunter: Maillols Wandbrunnen in dem von
Henry van de Velde eingerichteten Hause Kesslers,
wo Hofmannsthal damals aus dem »Rosenkavalier« vorlas.

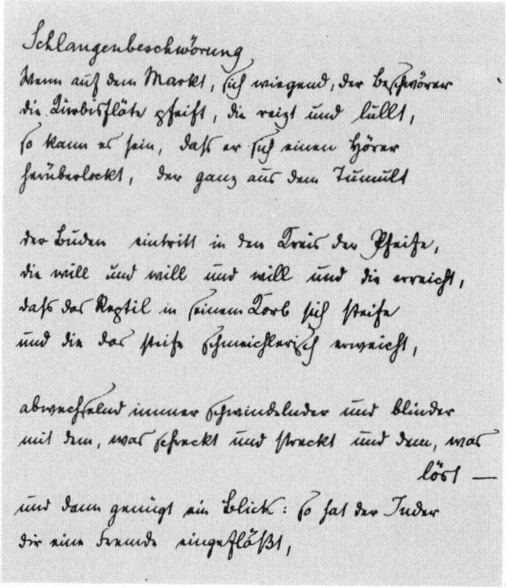
Schlangenbeschwörung

Wenn auf dem Markt, sich wiegend, der Beschwörer
die Kürbisflöte pfeift, die reizt und lullt,
so kann es sein, daß er sich einen Hörer
herüberlockt, der ganz aus dem Tumult

der Buden eintritt in den Kreis der Pfeife,
die will und will und will und die erreicht,
daß das Reptil in seinem Korb sich steife
und die das steife schmeichlerisch erweicht,

abwechselnd immer schwindelnder und blinder
mit dem, was schreckt und streckt und dem, was
löst —
und dann genügt ein Blick: so hat der Inder
dir eine Fremde eingeflößt,

Den Winter 1910/11 verbrachte Rilke auf Reisen,
zunächst in Algier und der Oase Biskra,
dann in Tunis und Kairouan.
»Schlangenbeschwörung« 1908.
Kairouan: »die flache weiße Stadt« (l.)
und Oase Biskra.

Im Januar 1911 reiste Rilke von Neapel aus nach Ägypten: nilaufwärts bis Assuan auf dem Dampfer ›Ramses der Große‹.
Luxor: Der Tempel Amenophis III. (um 1400 v. Chr.), vom Nil aus gesehen.

Im Kasbah-Viertel in Algier.

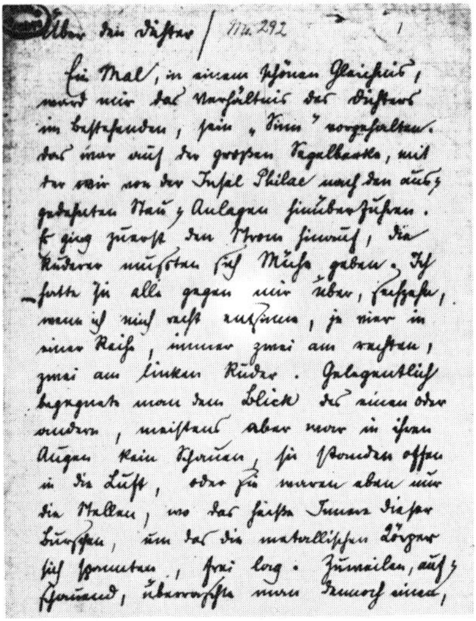

Über den Dichter | Ms. 292 1

Ein Mal, in einem schönen Gleichnis, wurde mir das Verhältnis des Dichters im Bestehenden, sein „Sinn" vorgehalten. Das war auf der großen Segelbarke, mit der wir von der Insel Philae nach den ausgedehnten Stau-Anlagen hinüberfuhren. Es ging zuerst den Strom hinauf, die Ruderer mußten sich Mühe geben. Ich hatte sie alle gegen mir über, sechzehn, wenn ich nicht recht rechne, je vier in einer Reihe, immer zwei am rechten, zwei am linken Ruder. Gelegentlich begegnete man dem Blick des einen oder andern, meistens aber war in ihren Augen kein Schauen, sie standen offen in die Luft, oder sie waren eben nur die Stellen, wo das heiße Innere dieser Burschen, um das die metallischen Körper sich spannten, frei lag. Zuweilen, aufschauend, überraschte man drinnen einen,

Die Säule im großen Hof des Amuntempels von Karnak und Sphinx des Königs Chephren bei Giseh (2600 v. Chr.), Aufnahme aus Rilkes Besitz.

Die Handschrift der im Februar 1912 in Duino niedergeschriebenen Aufzeichnung »Über den Dichter«.

Rilke 1910, Zeichnung der
Fürstin Marie von Thurn und Taxis-Hohenlohe,
1855–1934, die Fürstin selbst und die Terrasse
von Schloß Lautschin in Böhmen. Rilke kannte
die Fürstin seit Ende 1909, schon im
folgenden Jahr folgte er ihrer ersten
Einladung nach Böhmen.

Fürst Alexander von Thurn und Taxis, 1851–1939, in Lautschin.

Rilkes Freund, der Essayist und Philosoph Rudolf Kassner, 1873–1959. Zeichnung von Ernst Noeter. Rom 1907.

Schloß Duino bei Triest, Besitz der Fürstin Taxis.
Rilke verlebte hier den Winter 1911/12.
Im Januar entstanden die beiden ersten
»Duineser Elegien« zugleich mit dem Gedichtkreis
»Das Marien-Leben«.

Neben Paris zog Rilke als Stadt Venedig
am stärksten an: Blick vom Ponte Pasquaglio
gegen Santa Maria Formosa.

In Venedig begegnete Rilke im November 1907 Adelmina Romanelli (l.) und im Sommer 1912 der Tragödin Eleonora Duse, 1859–1924. In den »Neuen Gedichten« II und in den »Aufzeichnungen des Malte Laurids Brigge« hat Rilke ihr »Bildnis« gezeichnet.

Assisi: Kloster und Kirche des heiligen Franziskus, dessen Sonnengesang Rilke liebte und bewunderte. Hier suchte Rilke Sammlung, nachdem er sich im Mai 1914 von Magda von Hattingberg getrennt hatte. Die Aufnahme aus Rilkes Besitz zeigt, wo er gewohnt hat.

El Greco: Laokoon (um 1610). Rilke sah das Gemälde 1911 in München, und wie schon drei Jahre vorher in Paris ergriff ihn das Bild der Stadt Toledo, die hier eingeschlossen ist in die Krümmung der Schlange.

Im Herbst 1912 brach Rilke nach Spanien auf und reiste sogleich nach Toledo: Die Brücke San Martin, von der es im Gedicht »Da steht der Tod...« heißt: »O Sternenfall/ von einer Brücke einmal eingesehn...« (1915).

Cordoba: Pforte der großen Moschee;
daneben das Wohnhaus El Grecos in Toledo und das hochgelegene Ronda in Südspanien, wo Rilke von Mitte Dezember 1912 bis Mitte Februar 1913 verweilte.

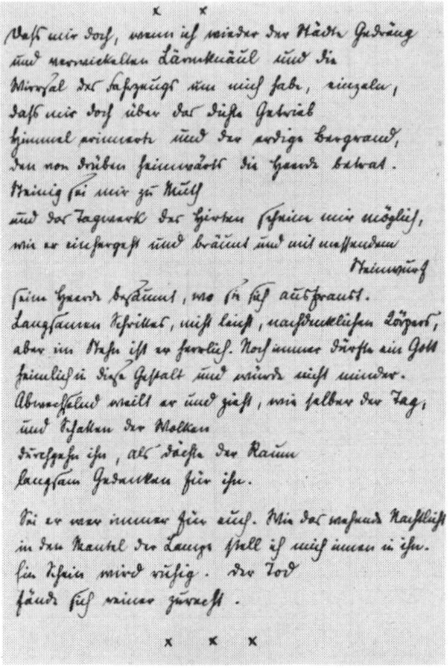

× ×

Daß mir doch, wenn ich wieder der Städte Gedräng
und verwickelten Lärmknäul und die
Wirrsal des Fahrzeugs um mich habe, einzeln,
daß mir doch über das dichte Getrieb
Himmel erinnerte und der erdige Bergrand,
den von drüben heimwärts die Herde betrat.
Steinig sei mir zu Mut
und das Tagwerk des Hirten scheine mir möglich,
wie er einhergeht und bräunt und mit messendem
Steinwurf
seine Herde besäumt, wo sie sich ausfranst.
Langsamen Schrittes, nicht leicht, nachdenklichen Körpers,
aber im Stehn ist er herrlich. Noch immer dürfte ein Gott
heimlich in diese Gestalt und würde nicht minder.
Abwechselnd weilt er und zieht, wie selber der Tag,
und Schatten der Wolken
durchgehn ihn, als dächte der Raum
langsam Gedanken für ihn.

Sei er wer immer für euch. Wie das wehende Nachtlicht
in den Mantel der Lampe stell ich mich innen in ihn.
Ein Schein wird ruhig. Der Tod
fände sich reiner zurecht.

× × ×

Die Aufnahme von Ronda stammt
aus Rilkes Besitz.

Handschrift der »Spanischen Trilogie« (III),
die in Ronda entstand während der Arbeitsphase,
in der Rilke auch die sechste der »Duineser Elegien«
entwarf; darunter: ein spanischer Hirt.

Rilke in Bad Rippoldsau im Schwarzwald.

Hier suchte er im Juli 1913 Erholung.

Anfang 1914 erhielt Rilke in Paris den bewundernden Brief der jungen Pianistin Magda von Hattingberg. Sie hatte die »Geschichten vom lieben Gott« gelesen.

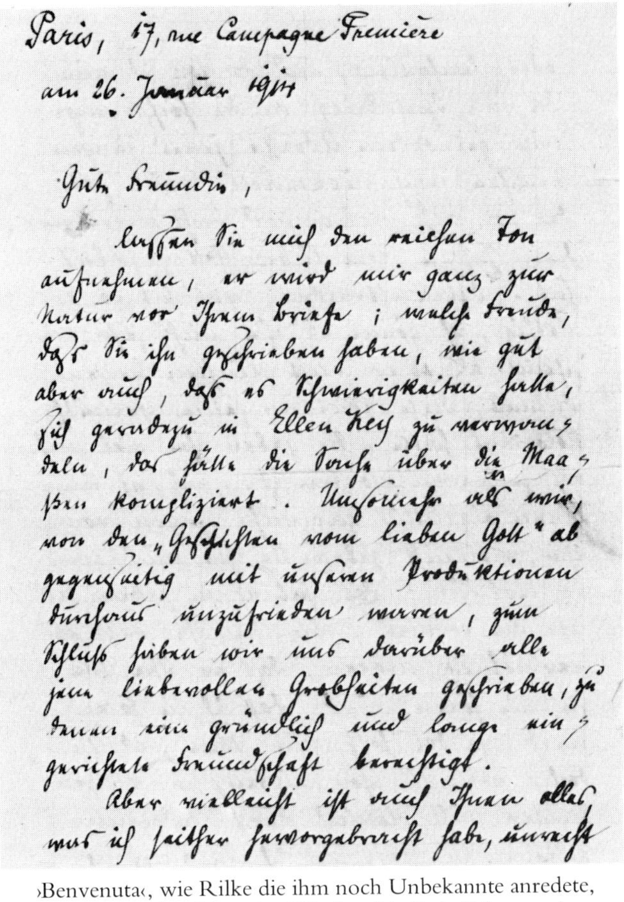
Paris, 17, rue Campagne Première
am 26. Januar 1914

Gute Freundin,

lassen Sie mich den reichen Ton aufnehmen, er wird mir ganz zur Natur vor Ihrem Briefe; welche Freude, daß Sie ihn geschrieben haben, wie gut aber auch, daß es Schwierigkeiten hatte, sich geradezu in Ellen Key zu verwandeln, das hätte die Sache über die Maaßen kompliziert. Ungefähr seit wir, von den „Geschichten vom lieben Gott" ab gegenseitig mit unseren Produktionen durchaus unzufrieden waren, zum Schluß haben wir uns darüber alle jene liebevollen Grobheiten geschrieben, zu denen eine gründliche und lange eingerichtete Freundschaft berechtigt.

Aber vielleicht ist auch Ihnen alles was ich seither hervorgebracht habe, unrecht

›Benvenuta‹, wie Rilke die ihm noch Unbekannte anredete, empfing in den folgenden Wochen bis Ende Februar seine tagebuchartigen Briefe. Hier der erste.

Franz Werfel, 1890–1945. Aus der beglückenden
Vertiefung in ersten Gedichtbänden erwuchs Rilke
der Aufsatz »Über den jungen Dichter«.
Die erste persönliche Begegnung im Herbst 1913 in Dresden
war für beide enttäuschend.

Weltkrieg

Hans Carossa, 1878–1956, als Bataillonsarzt in Rumänien und der Hölderlinforscher Norbert von Hellingrath, 1888–1916 (r.).

Während der Kriegsjahre war München Rilkes Wohnsitz,
an Stelle der wechselnden Landschaften trat die
Vielzahl menschlicher Beziehungen.

Wera Ouckama-Knoop, 1900–1919. Ihr bestimmte Rilke die »Sonette an Orpheus« als »ein Grab-Mal«.

Dr. med. Wilhelm Schenk Freiherr von Stauffenberg,
1879–1918, Rilkes Arzt und Freund.

Amenophis IV. (1375–1358 v. Chr.).
Rilke versäumte bei keinem seiner Berliner Aufenthalte,
die ›Ägypter‹ zu sehen.

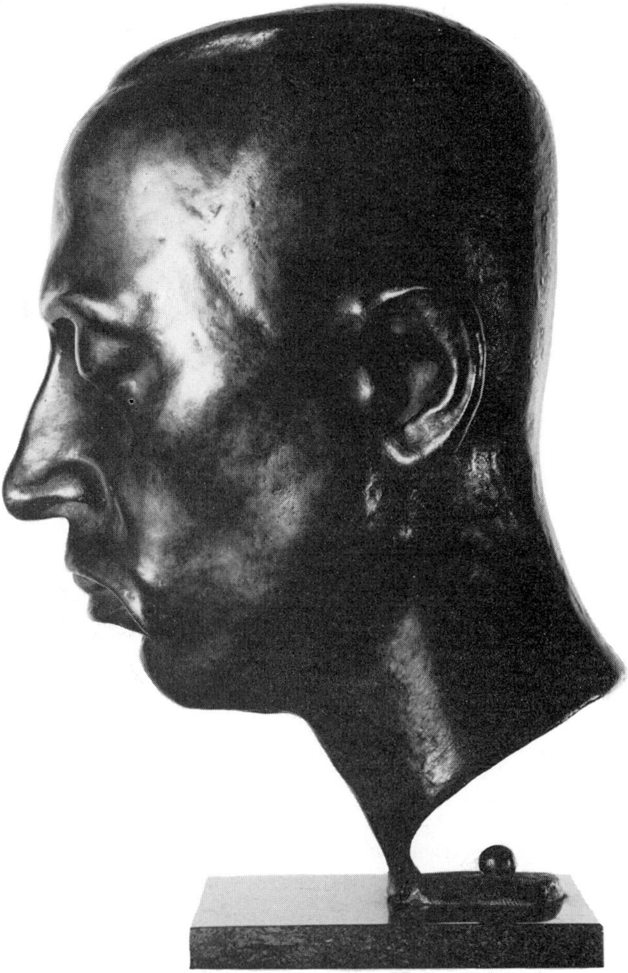

In Berlin entstand nach vier Sitzungen im Dezember 1915 die Rilke-Büste von Fritz Huf, 1888–1970. Das Original steht im Museum in Winterthur.

Pablo Picasso, 1881–1973: Saltimbanques (1905).
Rilke hatte sich bei der Besitzerin des
Bildes, Frau Hertha Koenig, Widenmayerstraße 34,
deren leerstehende Wohnung für den Sommer 1915
vor allem dieses Bildes wegen zum Quartier erbeten.
Den ›Fahrenden‹ gilt die Hertha Koenig
zugeeignete »Fünfte Elegie«.
Bei Marianne Mitford in Berlin sah Rilke im Dezember 1914
Picassos »Les Baladins« (r.); eine Photographie des Bildes
stand in München auf seinem Schreibtisch.

Picasso: Die Gaukler (auch: Artisten) 1905,
auf der Rückseite: Kauernde (1902).

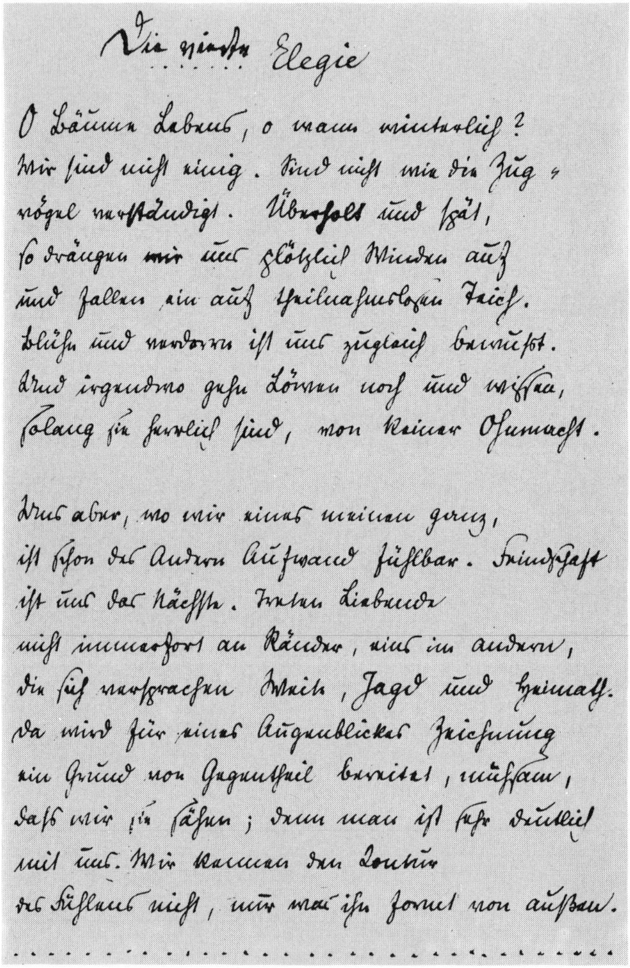

Die vierte Elegie

O Bäume Lebens, o wann winterlich?
Wir sind nicht einig. Sind nicht wie die Zug-
vögel verständigt. Überholt und spät,
so drängen ~~wir~~ uns plötzlich Winden auf
und fallen ein auf theilnahmslosen Teich.
Blühn und verdorren ist uns zugleich bewußt.
Und irgendwo gehn Löwen noch und wissen,
solang sie herrlich sind, von keiner Ohnmacht.

Uns aber, wo wir Eines meinen, ganz,
ist schon des Andern Aufwand fühlbar. Feindschaft
ist uns das Nächste. Treten Liebende
nicht immerfort an Ränder, eins im andern,
die sich versprachen Weite, Jagd und Heimath.
Da wird für eines Augenblickes Zeichnung
ein Grund von Gegentheil bereitet, mühsam,
daß wir sie sähen; denn man ist sehr deutlich
mit uns. Wir kennen den Contur
des Fühlens nicht, nur was ihn formt von außen.

. . . .

Am 26. November 1915 wurde der fast vierzigjährige Rilke bei der Musterung tauglich befunden und für den Januar 1916 zum österreichischen Landsturm einberufen. Von Ende Januar bis Juni 1916 arbeitete er als Soldat im Kriegsarchiv in Wien.

Die in München vom 21.–25. November 1915 niedergeschriebene »Vierte Elegie«. Gleichzeitig entstand das »Requiem auf den Tod eines Knaben«.

R. M. Rilke

Die Malerin Lou Albert-Lasard, 1891–1969,
und Hugo von Hofmannsthal, 1874–1929,
der Rilke während und nach seiner Militärzeit
beistand. Nach einer flüchtigen Begegnung im März 1899
hatte sich im November 1907 eine freundschaftliche Beziehung
gebildet, die sich seither vertiefte.

Radierung von Lou Albert-Lasard nach ihrem im
Juni 1916 in Rodaun gemalten Porträt.

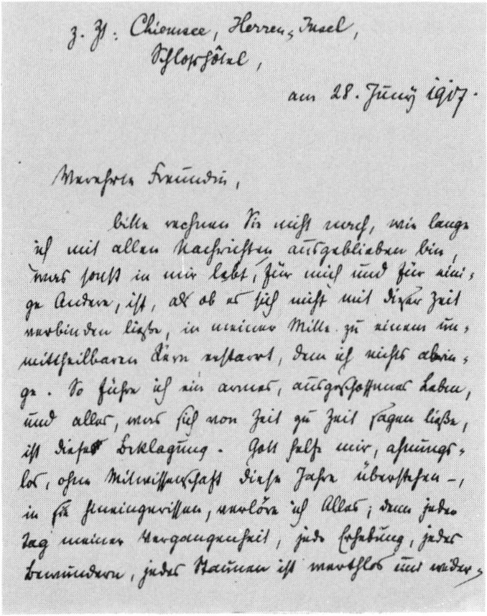

z. Zt.: Chiemsee, Herren-Insel, Schloßhôtel,

am 28. Juni 1907.

Verehrte Freundin,

bitte rechnen Sie nicht nach, wie lange ich mit allen Nachrichten ausgeblieben bin, was sonst in mir lebt, für mich und für einige Andere, ist, als ob es sich nicht mit dieser Zeit verbinden ließe, in meiner Mitte zu einem unmittheilbaren Kern erstarrt, den ich nicht abringe. So führe ich ein armes, ausgeschöpftes Leben, und alles, was sich von Zeit zu Zeit sagen ließe, ist diese Beklagung. Gott helfe mir, ahnungslos, ohne Mitwisserschaft diese Jahre überstehen –, in sie hineingerissen, verlöre ich Alles; denn jeder Tag meiner Vergangenheit, jede Erhebung, jedes Bewundern, jedes Staunen ist werthlos und wider-

Zeichnungen von Emil Orlik, wohl in Berlin 1917.

An die Schauspielerin Anni Mewes.
Rilke 1917.

Alfred Schuler, 1865–1923.
Büste von Clara Rilke-Westhoff.

Die Schweizer Jahre

Rilke bei der Gräfin Mary Dobrčensky in Nyon:
Erste Gastfreundschaft in der Schweiz.

Frau Gudi Nölke, 1874–1947.
Rilkes Paßbild 1919.
Am 11. Juni 1919 folgte Rilke einer Einladung des Lesezirkels Hottingen in Zürich; das Programm seiner Lesung besprach er mit Frau Nölke in Soglio. Deutschland betrat er nicht wieder.

Soglio im Bergell: in der alten
Salis'schen Bibliothek fand Rilke nach
geraumer Zeit zum erstenmal wieder Arbeitsruhe;
hier zeichnete er am 15.8.1919 ein gedachtes
›Experiment‹ auf, das im Druck als
»Ur-Geräusch« erschien.

Erste Seite der Handschrift.

Zur Zeit, als ich die Schule besuchte, mochte der
Phonograph erst kürzlich erfunden worden sein.
Er stand jedenfalls im Mittelpunkte des öffent-
lichen Erstaunens, und so mag es sich erklären,
daß unser Physiklehrer, ein zu allerhand emsigen
Basteleien geneigter Mann, uns anleitete, einen
derartigen Apparat aus dem handgreiflichsten
Zubehör geschickt zusammenzustellen. Dazu
war nicht mehr nöthig, als was ich im folgen-
den aufzähle. Ein Stück biegsamer Pappe,
zu einem Trichter zusammengebogen, dessen en-
gere runde Öffnung man sofort mit einem
Stück undurchlässigen Papiers, von jener Art,
wie man es zum Verschlusse der Gläser ein-
gekochten Obstes zu verwenden pflegt, verklebte;
te; auf diese Weise eine schwingende Mem-
bran improvisierend, in deren Mitte, mit dem
nächsten Griff, eine Borste aus einer stärkeren
Kleiderbürste, senkrecht abstehend, eingesteckt
wurde. Mit diesem Wenigen war die eine

Hofmannsthals mit Rilke, zwischen ihnen
Dory von der Mühll mit ihrem Sohn,
am 28./29. Mai 1920 in Basel.

Carl J. Burckhardt, (1891–1974), Historiker und Diplomat,
war mit beiden Dichtern befreundet;
Hans von der Mühll ist sein Schwager.

Die Junkerngasse in Bern. Auf seiner Vortragsreise, die in Zürich begann, las Rilke aus eigenen Werken auch in St. Gallen, Luzern, Bern, Basel und Winterthur.

Schloß Berg am Irchel. Hier verbrachte Rilke
den Winter 1920/21 und vertiefte sich zum erstenmal
in die Dichtungen Paul Valérys.

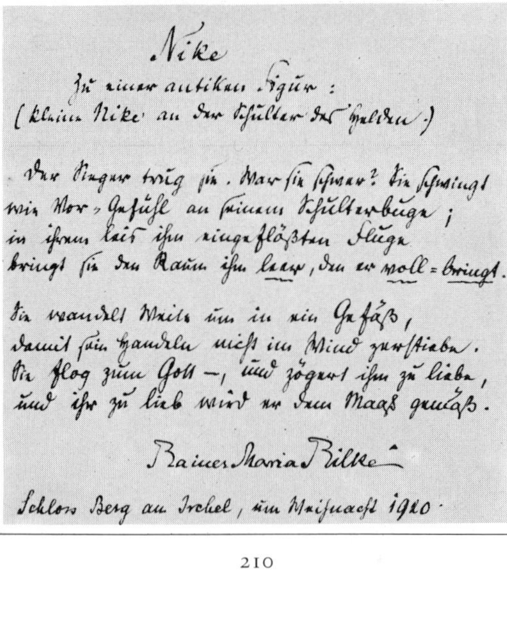

Nike

Zu einer antiken Figur:
(kleine Nike an der Schulter des Helden.)

Der Sieger trug sie. War sie schwer? Sie schwingt
wie Vor-Gefühl an seinem Schulterbuge;
in ihrem leis ihm eingeflößten Fluge
bringt sie den Raum ihm leer, den er voll-bringt.

Sie wandelt Welt um in ein Gefäß,
damit sein Handeln nicht im Wind zerstiebe.
Sie flog zum Gott –, und zögert ihm zu liebe,
und ihr zu lieb wird er dem Maaß gemäß.

Rainer Maria Rilke

Schloss Berg am Irchel, um Weihnacht 1920.

Frau Nanny Wunderly-Volkart, 1878–1962 (l.), sie vermittelte Rilke die Einladung nach Schloß Berg und half ihm unermüdlich, alle Schwierigkeiten seiner Schweizer Jahre zu überwinden. Das Gedicht »Nike« ist ihr gewidmet. Ihr Haus, die Untere Mühle in Meilen am Zürichsee, nahm Rilke viele Male gastlich auf.

Nyon. Am Genfer See traf Rilke mit der Fürstin Taxis zusammen, die ihre Enkel regelmäßig in Rolle besuchte, wo sie im Internat lebten.

Die Malerin Baladine Klossowska, 1886–1969, mit Rilke aus Pariser Tagen bekannt, ihr jüngerer Sohn Baltusz und Rilke 1922 in Beatenberg.

Eine der Tuschzeichnungen des zwölfjährigen Baltusz
aus der Bildergeschichte über sein Kätzchen Mitsu,
für die Rilke einen Verleger gewann.

Der russische Schauspieler Georges Pitoëff, 1884–1939. Sein Theater in Genf bildete für Rilke einen der Anziehungspunkte dieser Stadt.

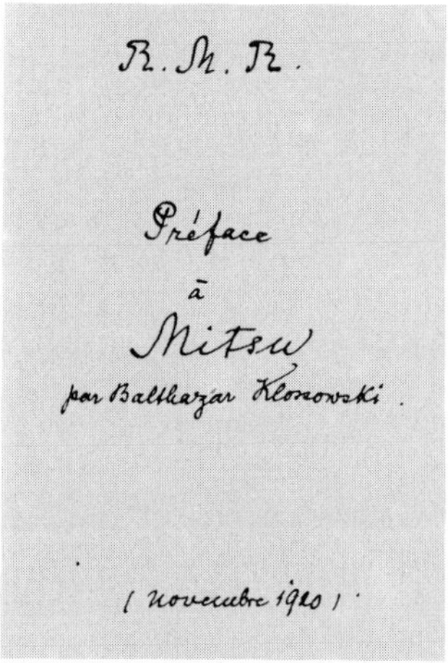
R. M. R.

Préface
à
Mitsu
par Balthazar Klossowski.

(novembre 1920)

Rilkes Vorrede zur Katzengeschichte Baltusz';
eine der zehn Radierungen Baladine Klossowskas
zu Rilkes französischem Gedicht-Zyklus
»Les Fenêtres«, der erst 1927 nach seinem Tode erschien,
und eine ihrer Porträtskizzen von Rilke.

Sion im Valais, dessen Landschaft für Rilke die Provence und Spanien heraufrief.

Château de Muzot bei Sierre, von Mitte Juli 1921
bis Dezember 1926 Rilkes Wohnsitz.

Der Hausbrunnen von Muzot: zu Rilkes Zeit hatte der alte Turm weder Wasserleitung noch elektrisches Licht.

Werner Reinhart, 1884–1951, der Winterthurer Musik-Mäzen, mietete Muzot zuerst für Rilke und kaufte es dann.

Auf dem Balkon in Muzot, Herbst 1923.

Mit Baladine Klossowska, der ›Bezähmerin‹ von Muzot.

Rilkes Arbeitszimmer in Muzot, so wie er selbst
es bewohnte (um 1924), und die zu Muzot gehörende
St.-Anna-Kapelle, die Rilke 1925 restaurieren ließ.

Cima da Conegliano, um 1459–1518: Orpheus.
Federzeichnung. Einen in Sierre entdeckten Stich heftete
Baladine über Rilkes Arbeitstisch.

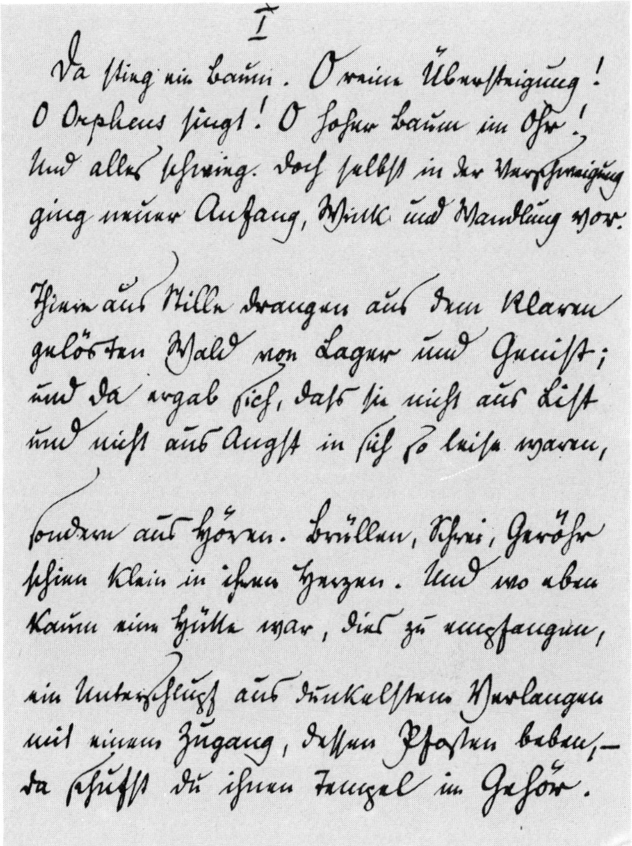
I

Da stieg ein Baum. O reine Übersteigung!
O Orpheus singt! O hoher Baum im Ohr!
Und alles schwieg. Doch selbst in der Verschweigung
ging neuer Anfang, Wink und Wandlung vor.

Tiere aus Stille drangen aus dem klaren
gelösten Wald von Lager und Genist;
und da ergab sich, daß sie nicht aus List
und nicht aus Angst in sich so leise waren,

sondern aus Hören. Brüllen, Schrei, Geröhr
schien klein in ihren Herzen. Und wo eben
kaum eine Hütte war, dies zu empfangen,

ein Unterschlupf aus dunkelstem Verlangen
mit einem Zugang, dessen Pfosten beben, –
da schufst du ihnen Tempel im Gehör.

Das erste der »Sonette an Orpheus«, 2. Februar 1922.
Rilke schenkte Katharina Kippenberg bei ihrem Besuch
in Muzot die Handschrift der »Sonette«.

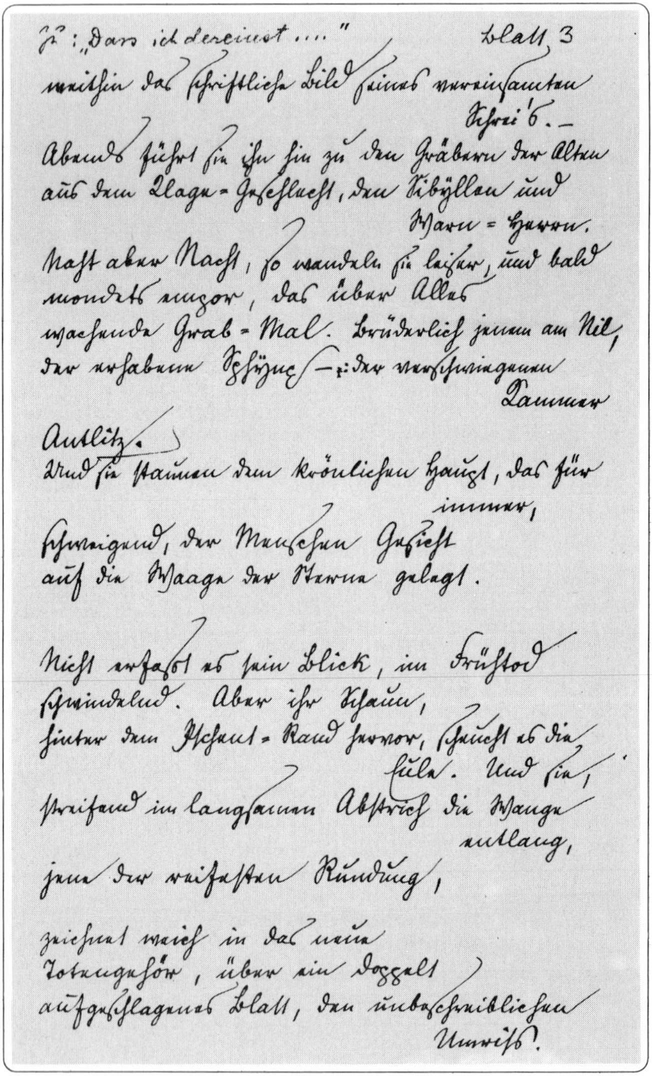
Zu: „Dass ich dereinst ....“ Blatt 3

weithin das schriftliche Bild seines vereinsamten
Schrei's. —
Abends führt sie ihn hin zu den Gräbern der Alten
aus dem Klage=Geschlecht, den Sibyllen und
Warn=Herrn.
Naht aber Nacht, so wandeln sie leiser, und bald
mondets empor, das über Alles
wachende Grab=Mal. Brüderlich jenem am Nil,
der erhabene Sphinx —: der verschwiegenen
Kammer
Antlitz.
Und sie staunen dem krönlichen Haupt, das für
immer,
schweigend, der Menschen Gesicht
auf die Waage der Sterne gelegt.

Nicht erfaßt es sein Blick, im Frühtod
schwindelnd. Aber ihr Schauen,
hinter dem Pschent=Rand hervor, scheucht es die
Eule. Und sie,
streifend im langsamen Abstrich die Wange
entlang,
jene der reifesten Rundung,

zeichnet weich in das neue
Totengehör, über ein doppelt
aufgeschlagenes Blatt, den unbeschreiblichen
Umriß.

Rilke in der Elegienzeit.

Aus der Handschrift der »Duineser Elegien«,
die Rilke im Februar 1922 in Muzot vollendete –
Teil der »Zehnten Elegie«, die Rilke im Januar 1912
in Duino bereits begonnen hatte.

Um Ostern 1923 im Garten von Muzot
und in den Weinbergen über Sierre, im Hintergrund
der Wohnturm.

Werner Reinhart und der Geigerin
Alma Moodie, 1900–1943, verdankte Rilke die
›musikalischen Ostern‹ 1923 und 1924.

»Handinneres«, niedergeschrieben um den 1. Oktober 1924,
veröffentlicht im ersten Heft der ›Europäischen Revue‹,
Wien, April 1925.

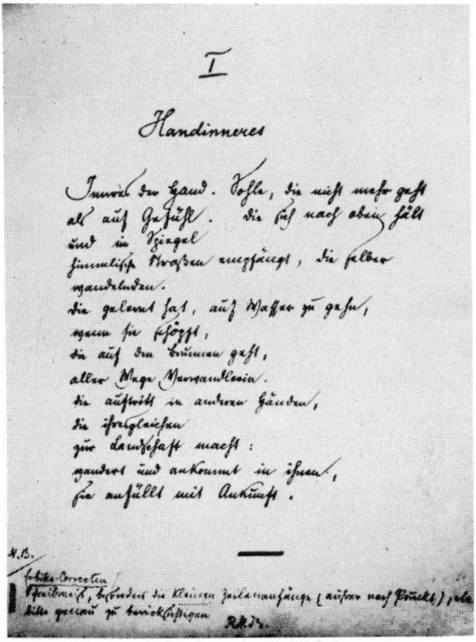

I

Handinneres

Innres der Hand. Sohle, die nicht mehr geht
als auf Gefühl. Die sich nach oben hält
und im Spiegel
himmlische Straßen empfängt, die selber
wandelnden.
Die gelernt hat, auf Wasser zu gehn,
wenn sie schöpft,
die auf den Brunnen geht,
aller Wege Verwandlerin.
Die auftritt in anderen Händen,
die ihresgleichen
zur Landschaft macht:
wandert und ankommt in ihnen,
sie anfüllt mit Ankunft.

N.B.
fehlende Correcturen
Schreibweise, besonders die kleinen Zeilenanfänge (außer nach Punkt), sehr
bitte genau zu berücksichtigen
R.M.R.

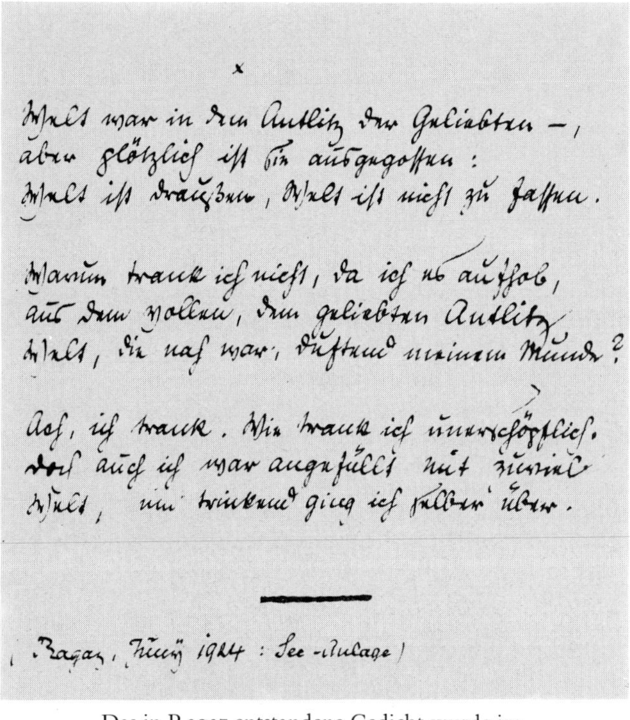

x

Welt war in dem Antlitz der Geliebten –,
aber plötzlich ist sie ausgegossen:
Welt ist draußen, Welt ist nicht zu fassen.

Warum trank ich nicht, da ich es aufhob,
aus dem vollen, dem geliebten Antlitz
Welt, die nah war, duftend meinem Munde?

Ach, ich trank. Wie trank ich unerschöpflich.
Doch auch ich war angefüllt mit zuviel
Welt, und trinkend ging ich selber über.

(Ragaz, Juni 1924: See-Anlage)

Das in Ragaz entstandene Gedicht wurde im
›Insel-Almanach auf der Jahr 1927‹ zuerst gedruckt,
den Rilke noch erhalten hat.

Der Bothmar in Malans, Besitz der Rilke befreundeten Familien von Salis-Seewis, den er von Ragaz aus regelmäßig besuchte.

Rilke in Sierre. Im dortigen Hotel Château Bellevue
wohnten alle Besucher des Dichters,
auch er selber, wenn es ihm in Muzot
zu beschwerlich wurde. Daneben: Der Schriftsteller
Edmond Jaloux, 1878–1949, Rilkes Lausanner Freund,
in Muzot.

Rilke und Gräfin Mary Dobrčensky auf einem Ausflug ins benachbarte Sion; zur Linken die Allerheiligen-Kapelle und die Ruinen von Tourbillon. Mai 1923.

Vom Januar bis zum August 1925 währte Rilkes letzter Aufenthalt in Paris.
Maurice Betz, 1898–1946, der an seiner Übertragung der »Aufzeichnungen des Malte Laurids Brigge« arbeitete, erfuhr täglich Rilkes Hilfe; Baladine Klossowska, die nun wieder mit beiden Söhnen in Paris lebte, schuf in dieser Zeit eines ihrer bekanntesten Porträts des Freundes.

Freundschaftlich verbunden waren Rilke die Herausgeber der »Nouvelle Revue Française«: (v.l.n.r.) Jean Schlumberger, Roger Martin du Gard, André Gide und Jacques Rivière (vorn).

Charles Vildrac, (1882–1971), Gemälde von Gaston Thiesson.
Rilke lernte den Maler 1913 bei Vildrac kennen.

Rilke 1925 in Paris.
Aufnahme von Henri Martinie.

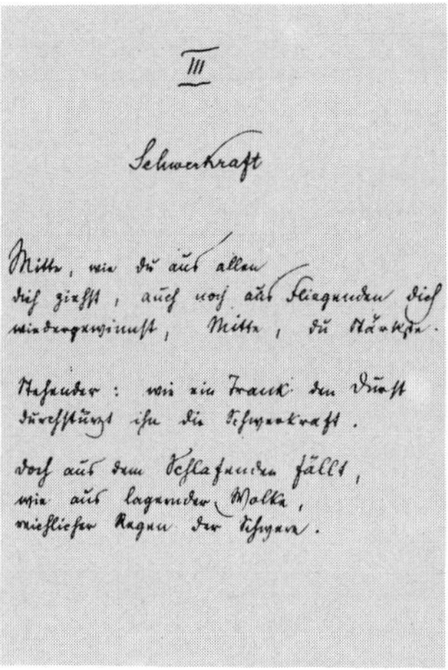

III

Schwerkraft

Mitte, wie du aus allen
dich ziehst, auch noch aus Fliegenden dich
wiedergewinnst, Mitte, du Stärkste.

Stehender: wie ein Trank den Durst
durchstürzt ihn die Schwerkraft.

Doch aus dem Schlafenden fällt,
wie aus lagernder Wolke,
reichlicher Regen der Schwere.

Das Anfang Oktober 1924 in Muzot entstandene Gedicht
erschien 1925 mit »Handinneres« und »Nacht«
in der ›Europäischen Revue‹.
Rilke in Muzot.

Rilke im Garten von Muzot um 1925.

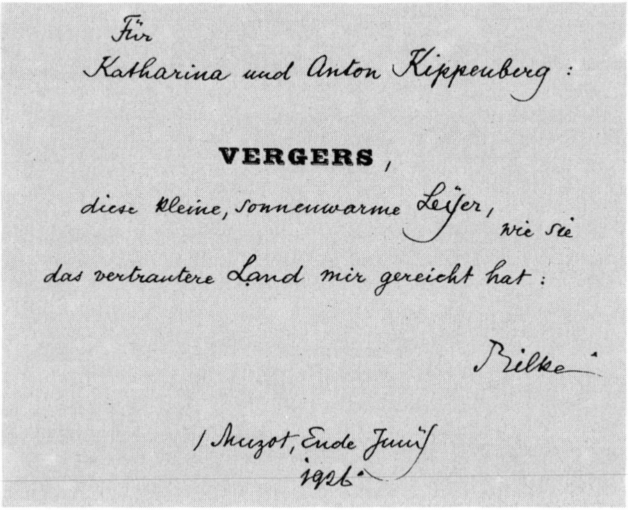

Für
Katharina und Anton Kippenberg:

VERGERS,

diese kleine, sonnenwarme Lese, wie sie
das vertrautere Land mir gereicht hat:

Rilke.

(Muzot, Ende Juni
1926.

Rilkes französischer Gedichtband »Vergers« kam
im Juni 1926 bei Gallimard in Paris heraus,
die Auswahl besorgte Baladine, beraten von Gide.
Rilke war im Frühjahr 1926 als Patient im
Sanatorium Valmont.

Die Kathedrale von Lausanne.

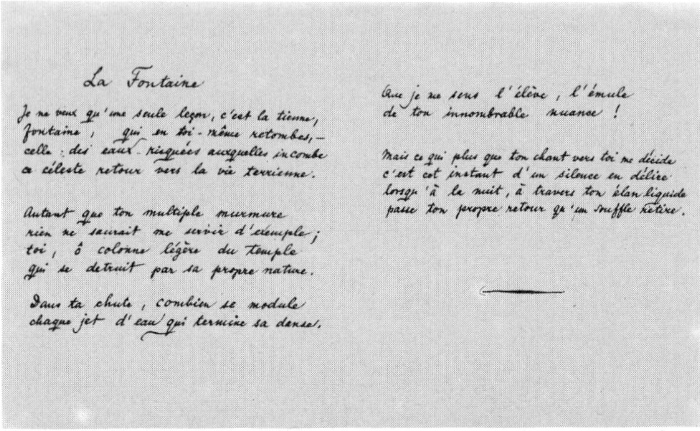

La Fontaine

Je ne veux qu'une seule leçon, c'est la tienne,
Fontaine, qui en toi-même retombes, —
celle des eaux risquées auxquelles incombe
ce céleste retour vers la vie terrienne.

Autant que ton multiple murmure
rien ne saurait me servir d'exemple;
toi, ô colonne légère du temple
qui se détruit par sa propre nature.

Dans ta chute, combien se module
chaque jet d'eau qui termine sa danse.
Que je me sens l'élève, l'émule
de ton innombrable nuance!

Mais ce qui plus que ton chant vers toi me décide
c'est cet instant d'un silence en délire
lorsqu'à la nuit, à travers ton élan liquide
passe ton propre retour qu'un souffle retire.

»La Fontaine« aus »Vergers«, 13.–15. Februar 1924
in Muzot entstanden.
Rilke mit Paul Valéry und dem Bildhauer
Henri Vallette bei Julien Monod in Anthy am Genfer See,
wohin er am 13. September 1926
von Lausanne aus hinüberfuhr.

Paul Valéry, 1871–1945.
An der Übertragung seiner Dichtungen arbeitete Rilke noch auf seinem letzten Krankenlager im November 1926.

Rilke in Valmont, Februar 1926. Das Sanatorium lag über dem Genfer See mit dem Blick auf die Dents du Midi. Die Handschrift zeigt Rilkes letzte Eintragung in sein Taschenbuch (umseitig).

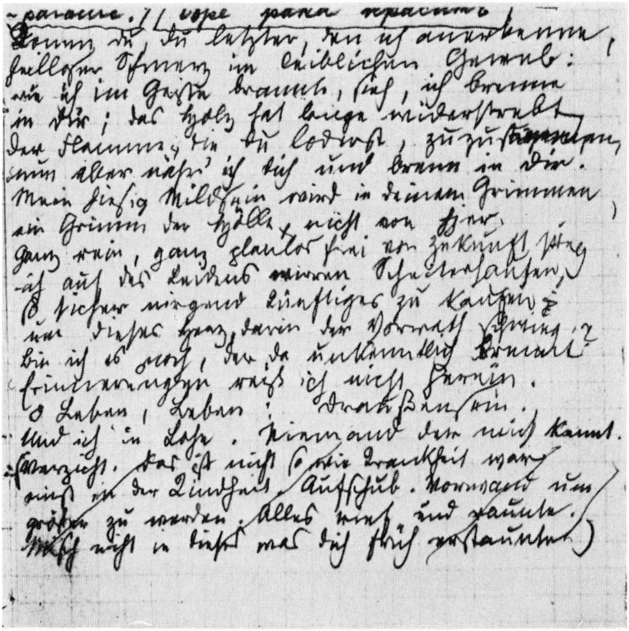
~ранние. // горе рана красить —
Komm du, du letzter, den ich anerkenne,
heilloser Schmerz im leiblichen Geweb:
wie ich im Geiste brannte, sieh, ich brenne
in dir; das Holz hat lange widerstrebt,
der Flamme, die du loderst, zuzustimmen,
nun aber nähr' ich dich und brenn in dir.
Mein hiesig Mildsein wird in deinem Grimmen
ein Grimm der Hölle, nicht von hier.
Ganz rein, ganz planlos frei von Zukunft stieg
ich auf des Leidens wirren Scheiterhaufen,
so sicher nirgend Künftiges zu kaufen
um dieses Herz, darin der Vorrat schwieg.
Bin ich es noch, der da unkenntlich brennt?
Erinnerungen reiß ich nicht herein.
O Leben, Leben: Draußensein.
Und ich in Lohe. Niemand der mich kennt.
(Verzicht. Das ist nicht so wie Krankheit war
einst in der Kindheit. Aufschub. Vorwand um
größer zu werden. Alles rief und raunte.
Misch nicht in dies was dich früh erstaunte)

Die Kirche in Raron, an deren dem Tal zugekehrter Mauer Rilkes Grab liegt, wie er es gewünscht hat.

Rilkes Grabstein. Wappen und Grabspruch legte Rilke in seinem Testament vom 27. Oktober 1925 fest.

Nachbemerkung

Dieses Taschenbuch stützt sich auf den Bildband: »Ingeborg Schnack. Rilkes Leben und Werk im Bild«, der in erster Auflage 1956, in zweiter vermehrter Auflage 1966 im Insel-Verlag erschienen ist. Keineswegs nun ist die vorliegende Ausgabe nur ein Auszug daraus, schon deshalb nicht, weil an die Stelle des einleitenden Essays »Anmerkungen zu Rilkes Leben« von J. R. von Salis die »Biographische Einführung« getreten ist und im Bildteil Neues hinzukam. Fast alle Bildvorlagen mußten aufs neue beschafft werden, bedauerlich viele Stücke sind inzwischen verschollen, so daß andere, bisher nicht gebrachte Bilder sie zu ersetzen haben. Dadurch ist ein eigenständiger Taschenbuch-Band entstanden. Gewiß wäre diese Erneuerung nicht möglich gewesen ohne die freundliche Unterstützung von vielen Seiten. Sehr herzlich habe ich zu danken: Frau Dorothea Huf, Frau Eva Kampmann-Carossa, Herrn Günther Mecklenburg, Herrn Dr. h. c. Ernst Pfeiffer, Herrn Balthasar Reinhart, Frau Hella und Herrn Christoph Sieber-Rilke. Sodann gilt aufrichtiger Dank dem Rilke-Archiv der Schweizerischen Landesbibliothek Bern, der Staatsbibliothek Hamburg, dem Deutschen Literatur-Archiv Marbach, der Kgl. Bibliothek Stockholm, der Österreichischen Nationalbibliothek Wien, den Ludwig-Roselius-Sammlungen der Böttcherstraße, Bremen und dem Kunst-Museum in Winterthur. Schließlich sei dankbar der Mitarbeit gedacht, die Frau Dr. Scharffenberg der Redaktion des Bandes widmete.

Was in der Einführung und im Bildteil von Rilkes Werken genannt ist, findet sich einschließlich der Gedichte in französischer und russischer Sprache in den »Sämtlichen Werken«, herausgegeben vom Rilke-Archiv, besorgt durch Ernst Zinn, Bd. 1–6, Insel-Verlag 1955–66. Eine Ausnahme bilden Rilkes Übertragungen, die einzeln meist in der Insel-Bücherei erschienen sind. Die Brief-Zitate fußen auf den »Gesammelten Briefen« Bd. 1–6, die jetzt vergriffen sind. Durch Angabe von Datum, Ort und Empfänger lassen sich diese in andern Ausgaben aufsuchen. Unveröffentlicht ist der Brief über Hölderlin vom 5. 9. 1914.

Von Bibliographien seien angeführt: »Walter Ritzer. R. M. Rilke. Bibliographie« Wien 1951 und »Katalog der Rilke-Sammlung Richard von Mises« Frankfurt 1966.

Namenverzeichnis

Zeittafel

1875 Am 4. Dezember in Prag geboren. Eltern: Josef Rilke und Sophie (Phia), geb. Entz.

1882 Eintritt in die von Piaristen geleitete Deutsche Volksschule.

1886 Als ›Landesstipendiat‹ in die Militärunterrealschule von St. Pölten. Die Eltern trennen sich.

1890 Militäroberrealschule Mährisch-Weißkirchen.

1891 Ende der Militärschulzeit, Besuch der Handelsakademie in Linz.

1892 Private Vorbereitung zum Abitur in Prag.

1894 »Leben und Lieder«.

1895 Abitur. Beginn des Studiums in Prag. Mitarbeit an vielen Zeitschriften; »Wegwarten«, »Larenopfer«.

1896 Studium in München. Wilhelm v. Scholz, Wassermann.

1897 Begegnung mit Lou Andreas-Salomé, im Herbst Fortsetzung des Studiums in Berlin: George und die Brüder Carl und Gerhart Hauptmann. »Traumgekrönt«, das Drama »Im Frühfrost« wird in Prag aufgeführt.

1898 Berlin, Florenz, Zoppot, Berlin. »Advent«, »Am Leben hin«.

1899 Berlin. Wien: Schnitzler, Hofmannsthal. Um Ostern erste russische Reise mit dem Ehepaar Andreas. Besuche bei Leonid Pasternak und Tolstoi in Moskau. »Mir zur Feier«.

1900 Zweite Reise nach Rußland mit Lou Andreas-Salomé. Besuch bei Tolstoi in Jasnaja Poljana, Moskau, Kiew, Wolgafahrt, Petersburg. Nach der Rückkehr Einladung Heinrich Vogelers nach Worpswede, Begegnung mit Paula Becker und Clara Westhoff. »Vom lieben Gott und Anderes« (Novellen).

1901 Heirat mit der Bildhauerin Clara Westhoff, Wohnsitz Westerwede. Geburt der Tochter Ruth. »Das tägliche Leben« wird in Berlin aufgeführt.

1902 Westerwede, Haseldorf, Paris. »Worpswede« (Monographie), »Das Buch der Bilder«, »Die Letzten« (Erzählungen).

1903 Paris: bei Rodin, Arbeit an der Monographie »Auguste Rodin«. Viareggio, Worpswede, Rom.

1904 Rom. Kopenhagen, Süd-Schweden; Oberneuland bei Bremen. »Geschichten vom lieben Gott«, Neuausgabe der Erzählungen von 1900.

1905 Oberneuland, Dresden, Göttingen, Berlin: S. Fischer, Friedelhausen (Hessen). Zu Rodin nach Meudon bei Paris. Erste Vortragsreise. »Das Stunden-Buch«.

1906 Paris. Zweite Vortragsreise, Tod des Vaters in Prag. Trennung von Rodin. Reise nach Flandern und in Deutschland. Capri. »Das Buch der Bilder«, erweiterte Neuausgabe, »Die Weise von Liebe und Tod des Cornets Christoph Rilke«.

1907 Capri. Paris, dritte Vortragsreise, Wien: Hofmannsthal, Rudolf Kassner. Venedig. Oberneuland. »Neue Gedichte«, »Auguste Rodin«, erweiterte Neuausgabe.

1908 Oberneuland. Capri. Paris: Verhaeren, Gide. »Der Neuen Gedichte anderer Teil«, »Elizabeth Barrett-Brownings Sonette nach dem Portugiesischen« Übertragung.

1909 Paris. Reisen in die Provence. Bad Rippoldsau. Paris: Begegnung mit der Fürstin Marie von Thurn und Taxis. »Requiem«, »Die frühen Gedichte«.

1910 Paris. Vortrag in Elberfeld, Besuch bei Kippenberg in Leipzig; Jena, Weimar, Berlin. Rom. Schloß Duino bei Triest. Oberneuland. Besuch der Fürstin Taxis in Lautschin und S. v. Nádhernýs in Janovič in Böhmen. Paris, Reise nach Nordafrika: Algier, Tunis. »Die Aufzeichnungen des Malte Laurids Brigge«.

1911 Neapel. Ägypten, Nilfahrt bis Assuan. Venedig, Paris. Lautschin und München, Paris. Winter 1911/12: auf Schloß Duino. »Maurice de Guérin: Der Kentauer« Übertragung.

1912 Erste Elegien in Duino. Venedig: Eleonora Duse. München, Paris, Reise nach Spanien: Winter 1912/13 in Toledo und Ronda. »Die Liebe der Magdalena« Übertragung.

1913 Ronda, Madrid, Paris. Reisen in Deutschland: Werfel. Paris. »Das Marien-Leben«, »Erste Gedichte«, »Portugiesische Briefe« Übertragung.

1914 Paris. Berlin, Paris, Duino, Paris. Bei Kriegsausbruch in Deutschland, verliert R. seine Habe in Paris. Leipzig, München, Berlin. »André Gide: Die Rückkehr des verlorenen Sohnes« Übertragung.

1915 München, wo auch Clara und Ruth R. leben, wird R.s Wohnsitz. Zum Freundeskreis gehören Loulou Albert-Lasard, Regina Ullmann, Annette Kolb, Hellingrath, Hausenstein, Carossa. Begegnung mit Walther Rathenau. November: Musterung und Einberufung. Berlin, Wien.

1916 Wien. Januar bis Juni Militärdienst, seit Februar im Kriegsarchiv. Rodaun: Umgang mit Hofmannsthal, Zweig, Kassner. München.

1917 München. Berlin: Graf Kessler, Richard von Kühlmann. W. Rathenau. München und Berlin: Hofmannsthal.

1918 München: Wiedersehen mit Kippenberg, Beziehungen zu Eisner und Toller. »Die vierundzwanzig Sonette der Louïze Labé« Übertragung.

1919 München: Besuch Lou Andreas-Salomés. Juni: Vortragsreise in die Schweiz. Zürich, Winterthur: Die Brüder Reinhart, Begegnung mit Nanny Wunderly-Volkart. Genf, Soglio. Locarno. »Ur-Geräusch«.

1920 Locarno. Basel und Schönenberg bei Basel: Familien Burckhardt und von der Mühll. Wiedersehen mit der Fürstin Taxis in Venedig. Genf: Baladine Klossowska. Paris. Berg am Irchel.

1921 Berg: Lese-Begegnung mit Paul Valéry. Von Sierre aus Entdeckung des Château de Muzot.

1922 Château de Muzot: im Februar Vollendung der »Duineser Elegien«, Niederschrift der »Sonette an Orpheus«. Besucher: Fürstin Taxis, Kippenbergs. In Deutschland Heirat Ruth Rilkes.

1923 Muzot. Reisen in der Schweiz, Arbeit an den Valéry-Übertragungen. »Duineser Elegien«, »Die Sonette an Orpheus«.

1924 Valmont sur Territet: Erster Klinik-Aufenthalt. Gedichte in französischer Sprache. Muzot: Besucher: Paul Valéry, Clara R.-Westhoff. Mit der Fürstin in Bad Ragaz. Lausanne, Muzot, Valmont.

1925 Valmont. Von Januar bis August: Paris. Ragaz, Bern, Muzot: R. schreibt sein Testament und verbringt seinen 50. Geburtstag allein in Muzot. Valmont. »Paul Valéry: Gedichte« Übertragung.

1926 Valmont bis Anfang Juni. Muzot, Ragaz, Lausanne, Anthy: Treffen mit Valéry. Muzot. »Vergers«, ein französischer Gedichtband, erscheint. 30. November: Valmont. 29. Dezember: R. stirbt an Leukämie.

1927 Am 2. Januar Beisetzung in Raron. »Les Roses«, »Les Fenêtres«, »Paul Valéry: Eupalinos oder Über die Architektur ...« Übertragung. »Gesammelte Werke« Bd. 1–6.

Bildnachweis

Die Zahlen beziehen sich auf die Paginierung des Bandes

42 Niehans & Rokitansky, Zürich. Faksimileausgabe der Duineser Elegien 1948
43 Foto Marburg
44 Rilke-Archiv
45 Rilke-Archiv
46 Rilkearchiv, Bern
47 Rilke-Archiv
48 Rilke-Archiv
49 links: Rilke-Archiv; rechts: Rilkearchiv, Bern
50 oben: Rilke-Archiv; unten: Rilke-Archiv
51 Rilke-Archiv
52 Sammlung Lešehradeum, Prag
53 Rilke-Archiv
54 Stadtmuseum Prag, jetzt Vrchotovy Janovice
55 Rilke-Archiv
56 Deutsches Literaturarchiv, Marbach; Sammlung Kippenberg
57 Deutsches Literaturarchiv, Marbach; Sammlung Kippenberg
58 Rilke-Archiv
59 Deutsches Literaturarchiv, Marbach; Sammlung Kippenberg
60 Deutsches Literaturarchiv, Marbach; Sammlung Kippenberg
61 Deutsches Literaturarchiv, Marbach
62 Max Osborn: Emil Orlik, Berlin, Neue Kunsthandlung 1920
63 August Sauer, Kulturpolit. Reden u. Schriften. Reichenbg., Kraus 1928
64 Foto Marburg
66 Deutsches Literaturarchiv, Marbach; Sammlung Kippenberg
67 Dr. Wilhelm von Scholz, Seeheim
68 Staats- und Universitätsbibliothek, Hamburg
69 Staats- und Universitätsbibliothek, Hamburg
70 Dr. h.c. Ernst Pfeiffer, Göttingen
71 Rilke-Archiv
72 Dr. h.c. Ernst Pfeiffer, Göttingen
73 Dr. h.c. Ernst Pfeiffer, Göttingen
74 Martin Hürlimann, Atlantis-Verlag, Zürich
75 Martin Hürlimann, Atlantis-Verlag, Zürich
76 Westermanns Monatshefte, Band 97, 1904/05
77 Universitätsbibliothek, Berlin
78 Deutsches Literaturarchiv, Marbach; Sammlung Kippenberg
79 Dr. h.c. Ernst Pfeiffer, Göttingen
80 Gosudarstvennajâ Tret'jakovskaja Gallerija, Moskau 1953
81 George H. Hamilton, Art and Architecture of Russia. London, Penguin Books 1954
82 George H. Hamilton, Art and Architecture of Russia. London, Penguin Books 1954

83 Mrs. Josefine Pasternak, Oxford
84 Mrs. Lydia Slater-Pasternak, Oxford
85 Mrs. Lydia Slater-Pasternak, Oxford
86 Verlagsarchiv
87 links: Architektura Ukrainskoj S. S. Republiki, Moskau 1954; rechts: Rilke-Archiv
88 Architektura Ukrainskoj S. S. Republiki, Moskau 1954
89 W. Weibel, Rußland. München, Delphinverlag 1916
90 oben und unten: Dr. h. c. Ernst Pfeiffer, Göttingen
91 W. Weibel, Rußland. München, Delphinverlag 1916
92 Rilke-Archiv
94 Ludwig-Roselius-Sammlungen
95 der Böttcherstraße, Bremen
96 Rilke-Archiv
97 oben: Rilke-Archiv; unten: Sammlung Richard v. Mises, Houghton-Library, Cambridge, Mass.
98 Rilke-Archiv
99 Ludwig-Roselius-Sammlungen, Bremen
100 Rilke-Archiv
101 Rilke-Archiv
102 F. Bruckmann Verlag, München
103 S. Fischer Verlag, Frankfurt am Main
104 links: Rilkearchiv, Bern; rechts: Insel Verlag, Frankfurt am Main
105 Prinz Georg von Schönaich-Carolath, Haseldorf
106 Prinz Georg von Schönaich-Carolath, Haseldorf
108 Foto Marburg
109 F. Bruckmann Verlag, München
110 Foto Marburg
111 oben und unten: Bibliothèque Nationale, Paris
112 Foto Marburg
113 Rilke-Archiv
114 Rilke-Archiv
115 oben: Schroll-Verlag, Wien; unten: Rilke-Archiv
116 oben: Verlagsarchiv; unten: Kgl. Biblioteket, Stockholm
117 Insel Verlag
118 Danmark i Billeder, A. Øberg, Kopenhagen
119 Danmark i Billeder, A. Øberg, Kopenhagen
120 oben: Universitetsbiblioteket Göteborg; unten: Günther Mecklenburg, Marburg
121 Archiv des Insel Verlags
122 Universitetsbiblioteket, Oslo
123 Rilke-Archiv
124 Professor Dr. Thure von Uexküll, Ulm
125 Professor Dr. Thure von Uexküll, Ulm
126 oben: Baron Bethmann, Frankfurt; unten: Prof. Dr. Th. von Uexküll, Ulm

127 Rilke-Archiv
128 oben: von der Heydt, Bad Godesberg; unten: Insel Verlag
129 Rilke-Archiv
130 Foto Marburg
131 Rilke-Archiv
132 oben und unten: F. Bruckmann Verlag, München
133 Foto Marburg
134 Foto Marburg
135 Foto Marburg
136 Rilke-Archiv
137 Deutsches Literaturarchiv, Marbach
138 Deutsches Literaturarchiv, Marbach; Sammlung Kippenberg
139 M. Hürlimann, Atlantis-Verlag, Zürich
140 links: Rilke-Archiv; rechts: Gräfin Manon zu Solms-Laubach, Marbg.
141 Gräfin Manon zu Solms-Laubach, Marburg
142 oben: White, Fotostudio Capri; unten: Gräfin Manon zu Solms-Laubach, Marburg
143 links: Rilke-Archiv; rechts: Verlagsarchiv
144 oben: Deutsches Literaturarchiv, Marbach; unten: Gräfin Manon zu Solms-Laubach, Marburg
146 Deutsches Literaturarchiv
147 Foto Marburg
148 S. Fischer Verlag, Frankfurt
149 Rilkearchiv, Bern
150 links: Winterthur, Collection Jäggli-Hahnloser; rechts: Rilke-Archiv
151 links: Florent Fels, L'art vivant. Genf, Cailler 1950. rechts: Florent Fels, L'art vivant. Genf, Cailler 1950
152 Martin Hürlimann, Atlantis-Verlag, Zürich
153 Foto Marburg
154 Martin Hürlimann, Atlantis-Verlag, Zürich
155 Editions Yvon, Paris
156 links: Rilkearchiv, Bern; rechts: Seemann-Verlag, Köln
157 Foto Marburg
158 Frau Jutta von Hesler, Rimsting
159 oben links: Verlagsarchiv; oben rechts: Marquise Marie de Brion, Fournels; unten: Foto Marburg
160 oben: Deutsches Literaturarchiv, Marbach; unten: Martin Hürlimann, Atlantis-Verlag, Zürich
161 Martin Hürlimann, Atlantis-Verlag, Zürich
162 Martin Hürlimann, Atlantis-Verlag, Zürich
163 Kurt Lange, Oberstdorf
164 oben und unten: Rilke-Archiv
165 Kurt Lange, Oberstdorf
166 Prinz Hans von Thurn und Taxis, München
167 oben: Fürstin Marie von Thurn und Taxis, Jugenderinnerungen. Wien, Fromme 1936; unten: Prinz Hans von Thurn und Taxis, München

168 Fürstl. Thurn- u. Taxis'sches Zentral-Archiv, Regensburg
169 Rudolf Kassner, Sierre
170 Frau Magda von Hattingberg, Traunstein
171 Schroll-Verlag, Wien
172 links: Signora Romanelli, Venedig; rechts: Deutscher Verlag, Berlin
173 Rilke-Archiv
174 Aug. L. Mayer: El Greco. Berlin; Klinckhardt & Biermann 1931
175 Staatl. spanisches Verkehrsbüro, Frankfurt
176 E. J. Brill, Leiden
177 oben: E. J. Brill, Leiden; unten: Rilke-Archiv
178 oben: Deutsches Literaturarchiv, Marbach; Sammlung Kippenberg. unten: Martin Hürlimann, Atlantis-Verlag, Zürich
179 Gräfin Manon zu Solms-Laubach, Marburg
180 Rilkearchiv, Bern
181 Rilkearchiv, Bern
182 Magda von Hattingberg, Traunstein
183 Deutsches Literaturarchiv, Marbach
184 Staatsbibliothek, Berlin
186 Frau Eva Kampmann-Carossa, Rittsteig
187 Imma v. Bodmershof, Schloß Rastbach
188 Rilke-Archiv
189 Rilke-Archiv
190 Foto Marburg
191 Kunstmuseum Winterthur
192 S. P. A. D. E. M., Paris, und Cosmopress, Genf
193 Staatsgalerie, Stuttgart, Nr. 2531/32
194 Sammlung Kippenberg. Heute: Sammlung Martin Bodmer, Genf
195 Rilke-Archiv
196 Lou Albert-Lasard, Paris
197 links: Lou Albert-Lasard, Paris; rechts: Mrs. Christiane Zimmer, New York
198 oben: J. A. Stargardt, Marburg; unten: Deutsches Literaturarchiv, Marbach; Sammlung Obermüller
199 oben: Österreichische Nationalbibliothek, Wien; unten: Sammlung Richard von Mises, Houghton-Library, Cambridge, Mass.
200 Rilke-Archiv
202 Rilkearchiv, Bern
203 links: Günther Mecklenburg, Marburg; rechts: Rilkearchiv, Bern
204 Deutsches Literaturarchiv, Marbach; Sammlung Kippenberg
205 Deutsches Literaturarchiv, Marbach; Sammlung Kippenberg
206 Theodora von der Mühll, Basel
207 C. J. Burckhardt, Vinzel
208 Hesse, Bern
209 Rilkearchiv, Bern
210 oben: Frau Nanny Wunderly-Volkart, Meilen; unten: Rilkearchiv, Bern

211 Frau Nanny Wunderly-Volkart, Meilen
212 Martin Hürlimann, Atlantis-Verlag, Zürich
213 Rilke-Archiv
214 Rilke-Archiv
215 Edition Juillard, Paris
216 links: C. J. Burckhardt, Vinzel; rechts: Pierre Klossowski, Paris
217 Pierre Klossowski, Paris
218 Foto Marburg
219 Rilkearchiv, Bern
220 Rilkearchiv, Bern
221 Balthasar Reinhart, Winterthur
222 Sammlung Kippenberg und Rilkearchiv, Bern
223 Sammlung Kippenberg und Rilkearchiv, Bern
224 Rilkearchiv, Bern
225 Rilkearchiv, Bern
226 Detlef v. Hadeln, Venetianische Zeichnungen. Berlin. P. Cassirer 1925
227 Rilke-Archiv
228 Deutsches Literaturarchiv; Marbach; Sammlung Kippenberg
229 Sammlung Kippenberg
230 Rilkearchiv, Bern
231 Rilkearchiv, Bern
232 Sammlung Kippenberg
233 oben: Rilke-Archiv; unten: Rilkearchiv, Bern
234 Deutsches Literaturarchiv, Marbach; Sammlung Kippenberg
235 I. Schnack, Rilke in Ragaz. Ragaz 1970
236 links: Rilke-Archiv; rechts: Madame Edmond Jaloux, Lausanne
237 Rilkearchiv, Bern
238 Florent Fels, L'art vivant. Genf, Cailler 1950
239 links: Hommage à Maurice Betz, Paris, Emile-Paul Frères 1949; rechts: Sammlung Richard v. Mises, Houghton-Library, Cambridge, Mass.
240 Charles Vildrac, Paris
241 Maurice Betz, Rilke à Paris. Paris, Emile-Paul Frères 1941
242 links: Rilkearchiv, Bern; rechts: Rilkearchiv, Bern
243 Rilkearchiv, Bern
244 Deutsches Literaturarchiv, Marbach; Sammlung Kippenberg
245 Martin Hürlimann, Atlantis-Verlag, Zürich
246 oben, rechts und links: Rilke-Archiv; unten Sammlung Kippenberg
247 Sammlung Kippenberg
248 Rilkearchiv, Bern
249 oben: Rilke-Archiv; unten: Edition Seal, Lausanne
250 Rilke-Archiv
251 Rilkearchiv, Bern

Inhalt

Rilke im Insel Verlag

Sämtliche Werke

Herausgegeben vom Rilke-Archiv. In Verbindung mit Ruth Sieber-Rilke besorgt durch Ernst Zinn. Ausgabe in 6 Bänden. Band I: Erste Gedichte. Die frühen Gedichte. Die weiße Fürstin. Die Weise von Liebe und Tod des Cornets Christoph Rilke. Das Stunden-Buch. Das Buch der Bilder. Neue Gedichte. Der Neuen Gedichte anderer Teil. Requiem. Das Marien-Leben. Duineser Elegien. Die Sonette an Orpheus. Band II: Verstreute und nachgelassene Gedichte aus den Jahren 1906–1926. Gedichte in französischer Sprache. Band III: Leben und Lieder (1894). Christus-Visionen (1896). Dir zur Feier (1898). Frühwerke in ursprünglicher Gestalt. Jugendgedichte aus dem Nachlaß (bis 1905). Band IV: Frühe Erzählungen und Dramen (1893–1902). Band V: Worpswede. Rodin. Besprechungen, Aufsätze und Betrachtungen (1893–1905). Band VI: Malte Laurids Brigge, Kleine Schriften (1906–1926), ›Gedichte in Prosa‹ und Verwandtes.

- Werkausgabe in 12 Bänden. Herausgegeben von Ernst Zinn.
- Geschenkausgabe in 6 Bänden. Einleitung Beda Allemann. Dekorüberzug im Schmuckschuber.

Einzelausgaben

- Aus dem Nachlaß des Grafen C.W. Ein Gedichtkreis.
- Ausgesetzt auf den Bergen des Herzens. Gedichte aus den Jahren 1906–1926. it 98
- Ausgewählte Gedichte. Mit Illustrationen von Max Slevogt. Faksimile-Ausgabe. Halbpergament.
- Briefe an eine junge Frau. IB 409
- Briefe an einen jungen Dichter. IB 406
- Briefe an Axel Juncker. Herausgegeben von Renate Scharffenberg.
- Briefe an Gräfin Sizzo 1921–1926. Herausgegeben von Ingeborg Schnack.
- Briefe an Sidonie Nádherný von Borutin. Herausgegeben von Bernhard Blume.
- Briefe an Nanny Wunderly-Volkart 1919 bis 1926. Im Auftrag der Schweizerischen Landesbibliothek unter Mitarbeit von Nikolaus Bigler, besorgt durch Rätus Luck. 2 Bde.
- Briefe in einem Band. Herausgegeben vom Rilke-Archiv. In Verbindung mit Ruth Sieber-Rilke besorgt durch Karl Altheim. 2. Auflage mit revidiertem Register. Vollständige Neuausgabe der früher zweibändigen Ausgabe.

- Briefe über Cézanne. Herausgegeben von Clara Rilke und mit einem Nachwort von H.W. Petzet. Bibliophile Ausgabe mit 16 farbigen Bildtafeln in limitierter Auflage. Im Schmuckschuber. – it 672
- Briefwechsel in Gedichten mit Erika Mitterer.
- Briefwechsel mit Lou Andreas-Salomé.
- Briefwechsel mit Anita Forrer 1920–1926. Herausgegeben und erläutert von Magda Kerényi.
- Briefwechsel mit Hugo von Hofmannsthal. Herausgegeben und erläutert von Rudolf Hirsch und Ingeborg Schnack. Mit Faksimiles der Handschriften und einem Namensregister.
- Briefwechsel mit Inga Junghanns. Herausgegeben von Wolfgang Herwig. Mir einem Nachwort des Herausgebers, ausführlichen Anmerkungen, Personenregister.
- Briefwechsel mit Katharina Kippenberg.
- Briefwechsel mit Helene von Nostitz. Herausgegeben von Oswalt von Nostitz.
- Briefwechsel mit Marina Zwetajewa und Boris Pasternak. Herausgegeben von Jewgenij Pasternak, Jelena Pasternak und Konstantin M. Asadowskij. Aus dem Russischen von Heddy Pross-Weerth.
- Das Buch der Bilder. it 26
- Das Marien-Leben. IB 43
- Das Stunden-Buch. Gedichte. – Mit einer Titelzeichnung von W. Tiemann.
- Das Tagebuch Goethes und Rilkes Sieben Gedichte. Erläutert von Siegfried Unseld. IB 1000
- Das Testament. Faksimile der Handschrift.
- Der ausgewählten Gedichte erster Teil. IB 400
- Der ausgewählten Gedichte anderer Teil. IB 480
- Die Aufzeichnungen des Malte Laurids Brigge. – it 630.
- Die Dame mit dem Einhorn. Herausgegeben und mit einem Nachwort von Egon Olessak. Mit zwölf farbigen Abbildungen. IB 1001
- Die drei Liebenden. Die Liebe der Magdalena. Portugiesische Briefe – Die Briefe der Marianna Alcoforado – Die vierundzwanzig Sonette der Louïze Labé. it 355
- Die Sonette der Louïze Labé. Lyoneserin 1555. Aus dem Französischen übertragen von Rainer Maria Rilke. IB 222
- Die Weise von Liebe und Tod des Cornets Christoph Rilke. IB 1
- Duineser Elegien.
- Duineser Elegien. Sonette an Orpheus.
- Gedichte. Aus den Jahren 1902 bis 1917. Mit Illustrationen von Max Slevogt. it 701
- Geschichten vom lieben Gott. – it 43. 1973.
- Neue Gedichte und Der neuen Gedichte anderer Teil. it 49

- Requiem. Für eine Freundin. Für Wolf Graf von Kalckreuth. Auf den Tod eines Knaben. IB 30
- Sämtliche Gedichte in französischer Sprache. Herausgegeben im Auftrag des Rilke-Archivs von Ernst Zinn und Karin Wais.
- Tagebücher aus der Frühzeit.
- Über den jungen Dichter und andere kleine Schriften aus den Jahren 1906 bis 1926 in zeitlicher Folge. it 340
- Übertragungen. Herausgegeben von Ernst Zinn und Karin Wais.
- Wladimir, der Wolkenmaler und andere Erzählungen, Skizzen und Betrachtungen aus den Jahren 1893–1904. Ausgewählt und zusammengestellt von Volker Michels. it 68
- Zwei Prager Geschichten. Herausgegeben von Josef Mühlberger. Mit Illustrationen von Emil Orlik. it 235

Chronik von Rilkes Leben und Werk. Von Ingeborg Schnack. 2 Bde.

Rilkes Leben und Werk im Bild. Von Ingeborg Schnack. Mit einem biographischen Essay von J. R. von Salis.
- it 35.

Katalog der Rilke-Sammlung Richard von Mises. Bearbeitet und herausgegeben von Paul Obermüller und Herbert Steiner unter Mitarbeit von Ernst Zinn.

Biographien, Monographien

Lou Andreas-Salomé. Lebensrückblick
Grundriß einiger Lebenserinnerungen. Aus dem Nachlaß herausgegeben von Ernst Pfeiffer. it 54

Bettine von Arnim. Aus meinem Leben
Zusammengestellt und kommentiert von Dieter Kühn. it 642

Cellini. Das Leben des Benvenuto Cellini
Übersetzt von Goethe. Mit einem Nachwort von Harald Keller. it 525

Hölderlins Diotima Suzette Gontard
Herausgegeben von Adolf Beck. Mit zeitgenössischen Illustrationen. it 447

Charles A. Eastman. Ohijesa
Jugenderinnerungen eines Sioux-Indianers. Aus dem Amerikanischen von Elisabeth Friederichs. Neu herausgegeben und mit einem Nachwort von Dietrich Leube. Buchschmuck und Anmerkungen von Frederick Weygold. it 519

Adele Gundert. Marie Hesse
Ein Lebensbild in Briefen und Tagebüchern. Mit einem Essay von S. Greiner. Illustriert von Gunter Böhmer. it 261

Marie Luise Kaschnitz. Die Wahrheit, nicht der Traum
Das Leben des Malers Courbet. Mit acht Abbildungen. it 327

Heinrich von Kleist. Geschichte meiner Seele
Das Lebenszeugnis der Briefe. Herausgegeben von Helmut Sembdner. it 281
– Leben und Werk im Bild
Herausgegeben von Eberhard Siebert. it 371

Dieter Kühn. Ich Wolkenstein
Eine Biographie. it 497

Michelangelo. Leben und Werk in Daten und Bildern
Herausgegeben von Harald Keller. it 148

Romola Nijinsky. Nijinsky. Der Gott des Tanzes
Biographie. Übersetzt von Hans Bütow. Mit einem Vorwort von Paul Claudel. Mit zahlreichen Fotografien. it 566

Biographien, Monographien

Philipp Otto Runge. Leben und Werk in Daten und Bildern
Herausgeber Stella Wega Mathieu. Mit farbigen Abbildungen. it 316

George Sand. Geschichte meines Lebens
Aus ihrem autobiographischen Werk. Ausgewählt und mit einer Einleitung versehen von Renate Wiggershaus. it 313